Collection
"LIV'en poche"

Les Diaboliques de la Côte Sauvage

ISBN 13 : 978-2-84497-110-4

Jean-Jacques Égron

Les Diaboliques de la Côte Sauvage

LIV'ÉDITIONS
Carrefour du livre
20, rue de Portz-en-Haie
56320 LE FAOUËT
www.liv-editions.com

Prologue

Mère,

Nantes m'a ouvert les portes de la Bretagne à laquelle vous êtes très attachée. Je vous avais promis qu'un jour je ferais le Tro Breizh *– le fameux tour de Bretagne –, car vous savez que la légende précise que celui qui ne l'aura pas effectué durant sa vie devra le faire après sa mort, en avançant chaque jour de la seule longueur de son cercueil. Pour vous éviter toute mésaventure, j'effectue ce voyage en votre nom. Une autre fois, pour vous encore, je parcourrai ces 600 kilomètres à pied, ce qui représente le seul vrai pèlerinage.*

Laissant Rennes, je suis allé prier à Dol-de-Bretagne sur le tombeau de saint Samson ; puis à Saint-Malo et à Saint-Brieuc (où sont les saints éponymes) ; ensuite à Tréguier où j'ai rencontré Tugdual ; et à Saint-Pol-de-Léon, Pol Aurélien ; j'ai poursuivi sur Quimper où j'ai rendu visite à

Corentin. Mon périple se terminerait par Vannes et Saint-Patern.

Vous n'ignorez pas que ces sept frères, voués à la mort par leur mère Domnonée, furent protégés par Dieu qui leur permit d'avoir la vie sauve. Ces septuplés devenus des saints (les Seizh Breur *en breton, comme vous me l'avez appris), évangélisèrent la région et fondèrent les sept grands évêchés historiques de Bretagne.*

Je ne saurais vous décrire l'étrange beauté des paysages bretons qui se déclinent en verts les plus multiples (allant du pur Véronèse au vert plus tendre des prairies où paissent nonchalamment quelques vaches pie-noir), au rose bleuté des ciels de mer, et les nuages gris laiteux qui accompagnent les tempêtes.

Avant de me poser dans un hôtel à Vannes, je décidai de visiter la Côte Sauvage de Quiberon, dont vous m'avez souvent vanté les charmes et dont vous êtes originaire.

Et là, sur cette presqu'île... Imaginez-vous un taureau rugissant – l'Atlantique – qui se jette à l'assaut régulier des blocs de granit – d'où le nom « côte sauvage » – ; et qui, aidé du vent d'ouest, façonne des surplombs et ménage des anfractuosités. La côte, harcelée, ne peut que se rendre à la violence des éléments.

J'ai été impressionné à jamais par les falaises déchiquetées, érodées sempiternellement par les vagues immenses, bruyantes et fracassantes qui, dans un jaillissement d'écume, ont creusé de nombreuses grottes et arches accessibles à marée basse. Et par le vent levé sur la mer qui laisse les arbres penchés jusqu'à leur mort.

J'ai retrouvé là tout ce que vous m'avez si souvent décrit avec enthousiasme et je regrette vivement que vous n'ayez pu m'accompagner.

Vous savez que l'isthme devient très étroit à partir de Plouharnel – la clé de la Presqu'île ; c'était d'ailleurs une île jusqu'au IXe siècle. Après avoir croisé le fort Penthièvre – témoin historique de nombreux drames, on tourne à droite à Kerhostin, et après Portivy on découvre la Côte Sauvage proprement dite, qui s'étend sur 8 kilomètres depuis la pointe du Percho jusqu'au château Turpault qui marque l'entrée de la ville de Quiberon. Pendant ces huit kilomètres on se croise difficilement : heureusement, des espaces de dégagement ont été aménagés. Le Conservatoire du littoral est en plein aménagement de la circulation et du cheminement, car les lieux sont victimes de leur succès.

Et là... on a une vue imprenable sur l'immensité océane, entouré d'un calme absolu uniquement ponctué par la rumeur maritime. À cette époque de l'année, les touristes n'ont pas encore envahi le site et j'avais l'absolue impression d'être seul à découvrir cette merveille de la nature.

Laissant mon véhicule sur un des nombreux parkings, j'empruntai le sentier côtier pour effectuer une randonnée pédestre où je ne fus pas au bout de mes surprises. Je vous expliquerai...

Vous savez qu'il faut être très prudent, des « larmes de fond » peuvent surgir à tout moment. D'ailleurs la baignade est interdite et de nombreuses bornes de secours ont été installées. J'ai pris des photos qui vous illustreront mieux que je ne saurais le faire l'envoûtement qui m'a habité en parcourant ces paysages.

Votre très cher fils : Eugène.

Première partie

Le fait divers

Eugène Pinson

La Bretagne. Des paysages à vous couper le souffle, entre la quiétude de la campagne intérieure et la force des éléments, lorsqu'on s'approche des côtes.

La celtitude, marquant le tempérament breton d'une empreinte de fierté et d'attache prégnante au passé. Les mégalithes, pierres levées ou couchées, témoins laissés par les ancêtres et qui dressent toujours leurs silhouettes majestueuses, souvent en des lieux plantés de landes et genêts. Les chapelles innombrables où l'on venait prier, pour demander « pardon » de ses péchés. Les fest-noz où la fête permettait d'oublier les rudes conditions de vie, au son des bombardes et binious. Les villages typiques ; les maisons en pierre ou couvertes d'un crépi blanc, parées d'hortensias roses ou bleus, aux toits pentus recouverts d'ardoises ou de chaume ; les hommes solides et attachants. Et la lumière tellement particulière.

La Côte Sauvage, granite et schiste creusés par des milliers d'années. Endroits souvent inaccessibles où il peut être dangereux de s'aventurer. Lieux farouches où l'on atteint au sublime. L'eau omniprésente si chère au cœur des marins dont les femmes attendent le retour de leur héros, parfois en vain, en tenant la maisonnée de main de maître, robustes comme un phare pris dans les assauts tempétueux.

Et Pinson. Eugène Pinson. Fonctionnaire de son état : il travaille à l'ANPE. On a beau répéter à l'envi que dans l'Agence nationale pour l'emploi les salariés sont des « assimilés », les gens ne font pas la distinction, ils mettent tout le monde dans le même sac. Un sac d'inutiles et de fainéants, tout juste bons à regarder la pendule. Il exerce donc l'abscons métier de conseiller à l'emploi.

Au physique, il a quelque ressemblance avec Hercule Poirot, pour ce que nous en décrit Agatha Christie : de petite taille, un crâne ovoïde cerné d'une paire de bacchantes en forme de cintre, l'esprit constamment en éveil, inquisiteur. La seule différence, c'est la tête, qu'il a chauve comme un œuf. Nonobstant ses moustaches, et cela constitue une bizarrerie de la nature : il est glabre de la tête aux pieds. On l'a longtemps surnommé le p'tit Gégène (en prononçant « l'œuf p'tit Gégène »).

Le p'tit Gégène a grandi un peu, malgré tout, mais ne s'est jamais marié et n'a jamais eu d'enfants. Non pas qu'il n'ait essayé ou eu envie, mais il n'a pas rencontré l'occasion ou la « moutonne à cinq pattes ». Comme il dit, il n'a jamais trouvé « chaussure » à son pied. Ou plutôt aucune femme n'a voulu y entrer et cheminer avec lui. Handicapé par une timidité maladive, il ne sait pas comment aborder la gent féminine et aller au-devant de ses désirs. Dès qu'une ouverture se révèle possible, il se met invariablement à bégayer. Il n'est plus lui-même, il a l'impression de se visser en terre.

Sa vie a donc passé, monotone en diable, jusqu'à ses quarante ans (c'est aujourd'hui le jour de son anniversaire), aussi plate qu'une mer sans vent, qu'un désert sans dune ; aussi inintéressante qu'un roman de la collection Harlequin ; aussi insipide qu'un blanc de poulet élevé en batterie.

Il se dit d'ailleurs qu'en ce premier juin il va se retrouver seul devant son gâteau d'anniversaire et ses bougies : le maître d'hôtel affable, après s'être enquis de ses goûts, a promis d'en parler au chef. *Seul comme d'habitude*, pense-t-il, et à ce constat il hausse les épaules dans sa tête. Il n'a que sa mère dans la vie, et celle-ci est restée à Valence dans la Drôme, où ils habitent ; exilés là-bas à cause d'un deuxième père dont l'esprit militaire ne supportait aucune contestation.

Il est « descendu » à l'hôtel Marina à Vannes – ville de Vannes et sa femme – dans le Morbihan ; « petite mer » chère au cœur de sa mère. Il se promet pourtant ce soir d'aborder cette femme tellement captivante qu'il a remarquée depuis le début de son séjour. Celle-ci ne semble pas insensible à son charme, puisqu'elle lui jette souvent des œillades pendant le dîner que l'on commence à servir à 19 h 30 précises. De loin, il a réussi à répondre à ce qu'il considère comme des avances. Rougissant à chaque fois comme un premier communiant, se cachant le visage derrière les mains.

Il a pris le sentier côtier menant à Quiberon, qui longe les falaises recouvertes d'un coussin d'herbe rase où fleurissent de petites fleurs roses : l'œillet et l'arménie maritimes. Celui-ci déroule ses sinuosités au bord de l'Atlantique. Des landes, des bruyères et des genêts poussent un peu partout. Il sait pour l'avoir lu que des grives, des fauvettes, des verdiers, des huîtriers-pie, des mouettes, des gravelots peuvent surgir à chaque pas. Il aperçoit dans le lointain un pétrel qui « taciturne » le ciel au-dessus de la mer. Il s'attend à trouver également des oyats et des betteraves maritimes. La presque solitude – il n'y a que quelques personnes disséminées – au milieu de cette faune et cette flore, le ravit au plus haut point.

Après une longue marche, il quitte le sentier côtier, pour prendre du recul et voir plus loin sur la mer, si quelque bateau croise au large. Il s'est muni d'une paire de jumelles et d'un bâton de randonneur. Il a à peine fini de mettre au point les oculaires, qu'il capte une scène sur laquelle il reste fixé.

Il voit dans l'objectif une superbe jeune femme assise sur un parapet qui limite une voie de dégagement. Elle est dos au précipice. Pour ce qu'il peut distinguer, elle a des lignes harmonieuses et de longs cheveux blonds éclairés par le soleil, qui volettent dans une brise légère. Ce vent capricieux qui fait frissonner les branches d'un bosquet de tamaris lui cache la scène par instants. La femme est vêtue d'un tee-shirt blanc, d'un jean et de chaussures rouges.

Lui fait face à quelques mètres la silhouette d'un jeune homme muni d'un appareil photographique qui la mitraille. Celui-ci se tient de dos et Eugène ne remarque de lui que la veste légère qu'il porte sur une chemise claire dont le col dépasse.

Un moment plus tard, l'homme s'approche de la femme, donnant l'illusion à cette distance de presque la toucher. Il la cache ainsi, pendant un court instant, aux regards du voyeur.

Puis en quelques secondes, tout bascule. Le jeune homme reste seul dans l'objectif des jumelles. La jeune femme est tombée dans le précipice. Son compagnon est penché sur le parapet, les bras tendus. Comme pour la rattraper.

Eugène Pinson pense qu'enfin quelque chose d'intéressant se passe dans sa vie. Il va devenir une vedette courtisée par les médias. Car il doit être le seul témoin oculaire de cette scène dramatique. Le seul en tout cas qui ait un regard extérieur.

Dès lors il est certain d'une chose : le jeune homme a poussé la jeune femme dans le vide !

Laure Weibmaster

Laure Weibmaster (Cachin de son vrai nom), est mariée depuis quatre ans à Michel Constant. Elle a eu le coup de foudre pour cet éphèbe qui a croisé son chemin. C'était la cerise sur le gâteau, car elle est pourvue de tout : richesse, beauté, succès, talent. Elle « était » pourvue...

C'est une belle jeune femme au charme redoutable : les yeux bleu pastel, la chevelure d'un blond flamboyant qui descend en cascades.

La thalassothérapie de Quiberon, elle en rêvait. Michel lui parlait souvent de cette région qu'il avait découverte dans sa jeunesse. Mais comme il a une préférence marquée pour les plages de la Méditerranée, elle le prive rarement de ce plaisir. Pourtant cette fois, il lui a dit :

— J'en ai un peu marre de la foule et surtout de te partager. Je t'emmène dans ce coin tranquille dont je t'ai rebattu les oreilles. Les paysages sont à vous couper le souffle. J'ai hâte de te les faire découvrir. Et puis tu pourras te faire dorloter entre deux balades. J'ai déjà réservé l'hôtel.

Elle lui fit trois fois l'amour en six heures pour le remercier de tant de prévenance.

Laure Weibmaster est mannequin dans une célèbre agence parisienne et elle pose également en *free-lance* pour divers magazines et spots publicitaires. C'est en outre une riche héritière qui n'a pas besoin de travailler, mais qui trouve ainsi l'occasion, par son métier, de ne pas s'ennuyer. Elle mène une vie trépidante et se réjouit par avance de ces trois semaines de vacances, loin de l'agitation parisienne. Cela lui permettra de se ressourcer.

Ils ont posé leurs valises au *Majestic* à Carnac, un établissement qui fait partie de la chaîne Relais et châteaux. Bien qu'habituée à voyager de par le monde et à côtoyer le luxe, elle trouve dans cet hôtel un charme provincial qui l'étonne et la comble d'aise.

Ils ont tout d'abord sacrifié à la visite de Carnac, la première station balnéaire du Morbihan. Commençant naturellement par les 3 000 pierres alignées, ils ont poursuivi par l'église Saint-Cornély érigée au XVIIe siècle et dont le patron éponyme aurait transformé les soldats qui le poursuivaient en pierres, ils ont continué par le musée James Miln/Zacharie Le Rouzic, le premier musée de la préhistoire fondé en 1882. Jetant un œil sur la plage de Légenese, ils sont allés voir la chapelle de Saint-Colomban, près de laquelle ils ont apprécié plusieurs maisons en pierre très proches les unes des autres, sans doute des maisons de pêcheur regroupées par souci de protection. Ils y ont fait également chacun un vœu qu'ils se promettent de tenir secret jusqu'à la fin de leur séjour. Ensuite, ils ont fait une promenade des plus plaisantes au port du Pô où, lors d'un pique-nique improvisé, ils ont consommé des huîtres fraîchement pêchées et se sont juré tout l'amour du monde. Laure était aux anges, appréciant ces moments privilégiés d'espace et de liberté, d'air pur et de vent du large.

Après avoir visité la campagne environnante et suivi des petites routes où l'étonnement le cède au ravissement, à bord de leur Ford Mustang, ils ont découvert la Côte Sauvage. Et Laure manquait d'yeux pour englober la majesté et le grandiose des paysages. L'infiniment grand la grandissait. L'appel de l'Océan lui prenait les tripes.

Ils ont laissé le véhicule sur un parking pour mieux découvrir les lieux à pied et prendre quelques photos pour fixer l'événement.

Michel veut la photographier sous toutes les coutures. Elle lui dit de faire plutôt des clichés du site imprenable, les photos d'elle s'étalant dans tous les magazines. Mais il insiste : « Un paysage n'est rien si tu n'y figures pas ! » Elle se rend.

Elle s'assoit sur le parapet, prenant des poses suggestives. Sa crinière vole au vent léger. Mais voilà que, soudain, elle aperçoit quelque chose à ses pieds, une bête rampante dont elle a la phobie depuis son plus jeune âge.

— Michel !

Il lui ordonne de ne pas bouger. Il s'approche, lui faisant face.

Laure semble sentir du froid sur ses chevilles. Elle a un geste de recul. Suffisant pour perdre l'équilibre. Elle bascule dans le précipice.

Michel Constant

— J'ai trouvé des dépliants touristiques sur la presqu'île de Quiberon ! Cela semble époustouflant... on va faire le plein d'air pur. Mets une tenue sport, je t'emmène en balade au bord de la mer.

Habituellement, Michel Constant n'est pas un fan de la Bretagne ; il retrouve invariablement sur la Côte d'Azur ceux qui veulent se montrer. Il préfère nettement le farniente au soleil sur les plages du sud de la France, les siestes crapuleuses et les baignades dans l'eau qui est toujours à une bonne température. Mais on peut, de temps en temps, changer son fusil d'épaule.

C'est un jeune homme de vingt-cinq ans qui s'est marié avec Laure Weibmaster, après avoir épuisé une bonne cinquantaine de conquêtes. Sa beauté physique a toujours opéré son charme auprès des femmes. La nature l'ayant dépourvu d'une famille aisée, capable de lui payer des études dans les meilleurs établissements, elle s'est rattrapée en lui donnant une apparence à la James Dean.

Il est sorti avec les plus belles filles de France selon lui ; certaines appartenant à la *jet-society*, d'autres à la classe laborieuse : coiffeuses, infirmières, fliquettes... Tout ce qui porte jupon.

Quand il a rencontré Laure à l'occasion d'un cocktail dînatoire où il avait pu s'introduire grâce à une vague connaissance, il s'est dit que sa vie allait être bouleversée. Au début, comme à son habitude, il a flirté. Ils ont fréquenté les meilleurs restaurants, assisté aux derniers spectacles à la mode, participé aux soirées mondaines les plus raffinées. Il s'y est montré plutôt à son aise, étant doué d'une faculté d'adaptation prodigieuse. Le luxe que lui offrait la jeune femme lui semblait un juste retour des choses par rapport à son indigence passée.

Très vite, il s'est installé dans la villa parisienne de sa nouvelle conquête : huit chambres, deux piscines et saunas, une vue panoramique sur les berges de la Seine ; un jardin orné de jets d'eau, d'éclairages sophistiqués mettant en valeur des statues antiques, de pergolas et d'une verrière contenant une collection inestimable de bonsaïs. Il nageait dans le bonheur. Tant et si bien qu'il tomba amoureux de la belle et riche héritière et voulut très vite lui consacrer sa vie.

Le mariage fut célébré en grande pompe. Étaient présents tout le gratin parisien, plus quelques notables ou édiles de province. Tous répondaient à l'invitation de ses parents qui avaient commencé leur carrière dans l'industrie du textile. Le père, à la tête d'une holding internationale, contrôle : un quotidien, des magazines, une télévision et participe à de nombreux conseils d'administration. Laure aurait pu vivre de ses rentes, mais elle a préféré voler de ses propres ailes et s'affranchir du papa encombrant.

Le papa en question qui n'a d'ailleurs pas vu d'un très bon œil le mariage de sa fille avec ce Michel Constant : un oisif et un coureur de dot. Il a d'abord pensé que le couple se séparerait rapidement. Mais celui-ci a tenu bon et il a dû se résoudre, en se faisant violence, à l'accepter.

Michel Constant conduit en trombe son bolide sur les routes bretonnes. C'est un fou du volant qui adore cette fameuse Ford Mustang rouge sang qu'a offert, magnanime, M. Cachin aux jeunes mariés. Ils ont visité Carnac ; ont mangé des huîtres en guise d'apéritif ; ont fait une virée dans la campagne ; ont pris un pot à Étel ; ont déjeuné à Erdeven ; ont débouché sur la route de la Côte Sauvage.

Laure lui conseille d'aller moins vite pour profiter du paysage.

— Tes désirs sont des ordres, princesse ! D'ailleurs je vais m'arrêter pour te prendre en photo devant ces falaises.

— Tu sais bien que je déteste être photographiée en dehors de mon travail.

— Ne discute pas, et puis ça nous fera du bien de nous dégourdir les jambes. Je t'ai promis une promenade à pied. Il est temps.

Laure s'est assise sur le parapet. Il y a du soleil et un vent léger. Michel prend quelques clichés, puis il entend sa femme crier :

— Michel !

Il s'interrompt et voit quelque chose qui frétille aux pieds de Laure.

— Nom de Dieu ! Une vipère ! Ne bouge pas ! Ne bouge pas ! Je vais m'approcher... Garde ton calme !

Il s'approche. Il fait face à la jeune femme. Il est sur le point de mettre le pied sur la bête. Il est en nage. La sueur colle sa chemise sur sa poitrine. C'est cette veste de lin qui lui donne chaud. Il va l'avoir.

— Ne bouge pas !

Il va l'avoir... Il...

Laure Weibmaster a eu un mouvement brusque. Elle a basculé dans le vide. Michel Constant se penche sur le parapet. Il est trop tard. Le corps tombé en arrière rebondit sur les rochers et continue irrémédiablement sa course vers l'abîme vertigineux. Et son cri... Son cri qu'il entendra le reste de ses jours : Michel !...

Le commissaire Dalban

Le commissaire Dalban, du commissariat de Vannes, est un bon gros joufflu, pourvu d'une éminence nasale à l'image de son homonyme au cinéma. Il a les cheveux coupés en brosse et un regard froid comme l'acier. Son langage n'est pas souvent fleuri et ses coups de gueule dépassent largement les frontières du Morbihan. Ses collègues le surnomment Béru sous le manteau.

Quand il a vu le corps de Laure Weibmaster, il s'est dit : *C'est bien dommage qu'une telle beauté parte en couille comme ça.* Inutile de préciser que celui-ci était disloqué, le sang s'étalait en corolle sur le sable d'une petite plage enserrée entre deux falaises. Il nota scrupuleusement dans un calepin la liste des vêtements épars : un tee-shirt blanc à manches courtes, un blue-jean délavé, une ceinture jaune d'or, des dessous noirs en dentelles fines, une paire de chaussures rouges (dont la deuxième fut retrouvée à plusieurs mètres).

La notoriété de l'égérie provoqua l'affluence de nombreux médias régionaux et nationaux, si bien que le commissaire s'est soustrait difficilement aux nombreuses sollicitations.

— Asseyez-vous ! dit-il à Michel Constant en lui présentant un siège peu confortable.

Il lui fait décliner son pedigree et commence l'interrogatoire proprement dit :

— Ainsi vous avez souhaité vous arrêter pour prendre des photos ?

— Et puis me dégourdir les jambes : je roulais depuis assez longtemps.

— L'arrêt fut donc de votre propre initiative ?

— Mais je...

— Concentrez-vous ! Tous les mots revêtent de l'importance, monsieur Constant. Il y a eu mort d'homme (en l'occurrence votre femme, précise-t-il, pince-sans-rire) et une enquête approfondie a lieu d'être menée ; vous comprenez, n'est-ce-pas ? Tout décès violent doit être élucidé... Reprenons : vous décidez de vous arrêter. Quelle heure était-il ?

— Quatorze, quinze heures, je ne saurais le dire précisément...

— Pourtant vous disposez d'une pendule sur le tableau de bord. J'ai vérifié l'intérieur de votre véhicule. Très bel engin d'ailleurs ! Très cher... ajoute-t-il laconique.

— Je ne sais pas ! Je ne sais plus ! Je suis en état de choc !

— Je vous comprends, mais vos premières réponses induisent la direction que va prendre la suite de l'enquête. Vous avez quitté l'hôtel *Majestic* en début d'après-midi.

— Non, en fin de matinée...

— C'est vrai, nous avons vérifié auprès du personnel.

— Nous avons déjeuné en route. Dans un petit bled dont je ne me souviens pas du nom.

— Il va falloir rassembler vos souvenirs. Je vous l'ai déjà signifié : tous les détails comptent. Nous retrouverons le lieu où vous avez mangé, ainsi que l'heure exacte. Car supposons que vous ayez fini votre repas à 14 h 30, l'appel à la gendarmerie ayant eu lieu à quinze heures par quelqu'un qui passait sur la route... cela faisait une petite demi-heure que vous rouliez.

— Et alors ?

— Alors, au bout d'une demi-heure, monsieur Constant, on n'a pas de fourmis dans les jambes, on n'a pas besoin de s'arrêter pour se les dégourdir.

Il pose un regard acéré sur l'interrogé, froid comme une lame de métal, et se passe la main dans les cheveux, satisfait de son raisonnement. Le jeune homme ne lui inspire pas une sympathie extrême. Ce gigolo nanti représente même tout ce qu'il exècre.

— Vous arrêtez votre véhicule sur un parking aménagé. Vous faites quelques mètres et votre femme s'assoit sur un parapet. Est-ce un réflexe normal de se mettre dos au précipice ? Est-ce vous qui l'avez incitée à le faire ?

— Il me semble que Laure trouvait cela intéressant. Peut-être était-ce pour le *fun*, pour chercher un frisson.

— Un frisson ? Vous en avez de bonnes ! « Inconscience » me semble un terme plus approprié. Vous lui demandez donc de poser à cet endroit.

— Je voulais prendre des clichés. Elle a insisté...

— Tiens... de cela vous vous rappelez parfaitement : son insistance. Admettons !... Elle prend la pose, vous faites quelques photos et vous vous rapprochez d'elle. Pourquoi ?

Il insiste sur ce mot qu'il prononce d'un ton inquisiteur.

— Elle m'a appelé.

— C'est singulier. Elle se trouve à quelques mètres de vous et elle vous appelle.

— Elle a vu une bête.

— Une bête ?

— À cet instant je pense que c'est une vipère. Je lui dis de ne pas bouger.

— Vous vous y connaissez en serpents ?

— Pas du tout, mais il pouvait s'agir d'une vipère venimeuse et il fallait qu'elle reste immobile pour éviter la piqûre.

— Quelle taille avait cette... vipère ? Pouvez-vous la décrire ? La forme de sa tête, de sa queue...

— Je n'ai pas fait attention. Vous pouvez vous mettre à ma place, non ? J'ai vu quelque chose qui bougeait et j'en ai déduit que Laure pouvait courir un danger.

— Malheureusement pour vous, monsieur Constant, vous savez que les animaux ne peuvent témoigner... Nous n'avons d'ailleurs trouvé trace d'aucun animal sur les lieux de l'accident. Je me fie pour l'instant à votre seul témoignage. Mais dites-moi pourquoi vous ne l'avez pas écrasé.

— Avant que je puisse intervenir, Laure a eu un mouvement brusque, peut-être a-t-elle eu l'impression de se faire piquer.

— Nous n'avons relevé aucune marque de piqûre sur le corps. En piteux état, d'ailleurs, le corps, (il le regarde étrangement) vraiment pas beau à voir. Vous le constaterez par vous-même à la morgue. Poursuivez...

— Elle a chuté dans le vide. Je me penchais pour la rattraper, mais il était trop tard. Mon Dieu ! J'entends encore son cri.

Il se prend la tête dans les mains.

— Permettez-moi d'émettre une autre hypothèse. Elle vaut bien la vôtre pour l'instant, puisqu'il n'y avait aucun témoin. Supposons... un cas d'école... vous préméditez la mort de votre épouse... Vous décidez de l'emmener sur la Côte Sauvage...

— C'est elle qui...

— Ne m'interrompez pas, s'il vous plaît ! Vous avez repéré un endroit propice...

— Je ne connais pas assez la région.

— S'il vous plaît ! Sous le prétexte fallacieux de prendre des photos de votre femme qui, soit dit en passant, s'étalent dans tous les magazines, vous lui demandez gentiment de s'asseoir au bord du gouffre. Vous vous proposez de tirer son portrait du plus près possible. Vous vous approchez d'elle à la toucher et vous la poussez, monsieur Constant. Vous la poussez dans le vide !

Les yeux de Dalban se plissent, ajoutant à ses mots la dureté du regard.

— Vous n'avez pas le droit !

Michel Constant bondit de sa chaise, se précipite derrière le bureau et secoue le commissaire Dalban de toutes ses forces. Alertés par le bruit de l'algarade, deux inspecteurs viennent à sa rescousse. Le jeune homme est hors de lui.

— Vous ne voyez donc pas la peine que j'éprouve ! Vous pourriez au moins la respecter !

Il est maîtrisé en quelques secondes. Dalban, imperturbable, se rajuste, se réinstalle sur sa chaise et laisse tomber d'un ton cinglant :

— On a tous les droits dans une enquête, mon petit bonhomme ! Surtout si elle devient une affaire criminelle. Et ce n'est pas toi qui vas l'entraver. J'ai assez de bouteille et je ne permets à personne de m'apprendre mon métier ! Tiens-le-toi pour dit !

Il est passé instinctivement au tutoiement. Des plaques rouges marbrent son visage. Elles apparaissent dès qu'il se met en colère ou quand on le contrarie.

— Et je vais te dire autre chose, pour te prouver que mon hypothèse n'est pas dénuée de tout fondement. Nous avons trouvé une ecchymose au-dessus du sein droit de Laure Weibmaster. Ça t'en bouche un coin ! Une violente poussée de la main aurait pu la provoquer.

Le commissaire est satisfait d'avoir poussé Michel Constant dans ses retranchements. Il adore analyser les réactions des gens qu'il côtoie, les disséquer, trouver des failles. C'est une sorte de rouleau compresseur qui s'attache à extirper la substantifique moelle de la nature humaine.

L'interview d'Eugène Pinson

Mouna Hézel, journaliste *free-lance*, écrit des articles pour *Ouest-France* et *Le Télégramme*. Ses longs cheveux noirs ondulants, ses yeux immenses et sombres ne cachent pas son origine juive dont elle tire une grande fierté. Elle a reçu un étrange coup de fil ce matin à la rédaction. Un certain Eugène Pinson se proposait de lui apporter un éclairage nouveau à propos de l'« accident » survenu sur la Côte Sauvage. « Je vous attends au bar-PMU *Le Fer à cheval.* »

Quand elle a vu ce petit bonhomme assis seul à une table, s'excusant presque d'être là, parmi les nombreux clients en grande conversation, elle a eu un début de fou rire intérieur. Elle ne savait pas s'il était provoqué par de l'amusement ou de la commisération.

Eugène Pinson, la tête glabre enfoncée dans les épaules, l'œil empreint de toutes les soumissions, a fait un léger signe de tête. À peine marqué.

C'est Hercule Poirot, ma parole, ce petit bonhomme à moustaches !

Elle lui tend une poignée de main ferme qu'il lui rend molle.

— Je suis Mouna Hézel !

— Eugène Pinson...

Une étrange impression de viscosité s'empare de la journaliste.

— Je n'ai pas bien compris l'objet de votre appel.

— C'est normal... Il est difficile de s'exprimer au téléphone.

— Vous parliez de révélation, d'éclairage nouveau.

Il sirote un lait-fraise, tandis qu'elle commande un café. Il sort alors timidement, à gestes mesurés, d'une pochette en cuir, l'exemplaire du journal où figure l'article de Mouna :

UN ACCIDENT DRAMATIQUE a eu lieu...

— Vous vous rappelez ce que vous avez écrit, n'est-ce pas ?

— Bien sûr ! Je lis le journal, figurez-vous ! J'y indique ce qu'ont révélé les premières investigations.

— Tout ceci est faux !

Eugène Pinson prend subitement un ton ferme qui ne lui ressemble guère et auquel la journaliste ne s'attendait pas.

— Comment le savez-vous ?

Ses yeux se mettent alors à pétiller et il se lance dans un discours débridé, comme s'il avait peur d'en perdre le fil.

— J'étais... Je suis en congés... Je

travaille à l'ANPE, ne riez pas, dans la Drôme, et c'est avec beaucoup de plaisir que j'ai découvert votre région. J'ai fait mon *Tro Breizh*.

— Vous aviez des choses à vous faire pardonner ?

— J'en ai déjà visité les trois quarts et passe mon temps à m'émerveiller. D'ailleurs je vais peut-être demander une mutation et y amener ma mère... Cette semaine, après avoir étudié les cartes et divers dépliants touristiques, j'ai décidé d'effectuer une randonnée sur la Côte Sauvage. Ma mère est originaire de Quiberon et je voulais lui rapporter des souvenirs...

Mouna Hézel s'impatiente, mais elle ne peut arrêter le discours de son interlocuteur.

— Je me suis donc équipé pour la circonstance : casquette, chaussettes et chaussures de marche, bâton et jumelles... indispensables, les jumelles !

La journaliste l'imagine dans l'accoutrement qu'il décrit. Elle revoit les illustrations de Gustave Doré pour *Robinson Crusoé* ou *Don Quichotte*, qu'elle a lus et relus dans sa jeunesse. Ou celles de *Tartarin de Tarascon* en moins gros tout de même.

— Après une bonne heure de marche le long de la côte, je me suis dirigé vers l'intérieur pour souffler un peu et j'ai regardé dans mes jumelles pour voir le grand large. C'est fou ce qu'on voit de choses par ces prismes.

— Vous n'allez tout de même pas me dire que vous avez assisté à l'accident !

— Précisément ! Voilà où je voulais en venir. (Il prend un air entendu, détenteur d'un secret capital...) Mais ce n'était pas un accident !

— Expliquez-vous, Bon Dieu !

Cette fois la jeune femme, rompue aux interviews de gens de toutes sortes, s'énerve. Cet Eugène commence à lui courir... S'il détient des révélations, qu'il les balance ! On ne va pas passer le réveillon là-dessus !

L'autre, prenant visiblement son pied :

— Imaginez la scène... (Il devient emphatique.) Le soleil partout, une brise légère – je plante le décor. (Son lyrisme aussi a de quoi faire rire.) Une jeune femme assise sur un parapet. Très belle d'ailleurs, soit dit en passant (il l'examine), un peu comme vous, dans un autre genre...

Voilà qu'il me drague, maintenant !

— ... Les mains posées à plat sur la pierre. Non loin, un jeune homme, qui la mitraille sous toutes les coutures. Cela dure... je ne sais combien de temps.

Elle va lui faire avaler son lait-fraise avec la paille.

— Je ne sais pas non plus pourquoi je reste rivé sur la scène, il faudrait sans doute une explication psychanalytique. En tout cas je reste et bien m'en a pris. Car ce que je vois dépasse l'entendement. Le jeune homme s'approche de son modèle, puis brusquement, après avoir regardé à gauche, à droite, par terre, l'inquiétude sans doute... d'une main assurée – de l'autre il tient l'appareil – ... il la pousse. Je devine le corps qui chute dans le vide. Mon Dieu !

Il a une moue d'effroi.

— Puis l'homme regarda par-dessus le parapet. Il arrêta ensuite un automobiliste qui alerta les secours avec son portable.

Mouna Hézel est atterrée par le récit.

— À quelle distance vous trouviez-vous ?

— À une distance suffisante pour bien distinguer.

Il devient plus laconique, comme s'il descendait du petit nuage d'où il débitait sa diarrhée verbale.

— Vous êtes tranquillement en train de me dire que vous avez assisté à un crime.

— Moi, je ne dis rien. J'ai vu. Un point c'est tout.

— Avez-vous conscience que vos propos sont gravissimes ? Ils accusent Michel Constant d'avoir tué sa femme.

Il sirote tranquillement sa consommation, du lait restant accroché à ses moustaches. Il redevient le petit homme qu'on remarque à peine dans la rue.

— Pourquoi ne pas avoir prévenu la police ?

— Je voulais d'abord parler à une personne de toute première moralité.

— M'autorisez-vous à publier votre témoignage *in extenso* ?

— Je VEUX (il insiste sur ce mot) que la vérité éclate et que toute la lumière soit faite.

Elle ne ressort pas indemne du café. Est-ce l'importance du scoop qui va la propulser sur le devant de la scène, ou l'impression bizarre que lui laisse Eugène Pinson ? En tout cas, elle mettra un temps fou à s'en remettre. Elle se sent dépositaire d'un fait extrêmement grave qu'elle hésitera longtemps à publier. C'est son directeur de la rédaction qui lèvera ses dernières réticences.

Enquête sur la vie de Michel Constant

Les collègues de la région parisienne transmettent leurs rapports aux services du commissaire Dalban.

Interrogatoire de la femme de ménage :

« Couple relativement mal assorti. Madame passe son temps à l'extérieur, a souvent des soirées, des réceptions. C'est une personne très distinguée. Monsieur lui sert vaguement de secrétaire, en clair il ne fait rien de ses journées. Il peint soi-disant, mais d'après les divers échos, on prétend que c'est surtout un gribouilleur. Ils ont souvent de violentes disputes. Même si je n'écoute pas, je suis obligée d'entendre, vous savez ce que c'est... Je ne serais pas étonnée qu'il ait une liaison. Il avait une réputation de chaud lapin avant d'épouser madame. Il a l'air de tremper dans des affaires pas très... catholiques. Il reçoit des coups de fil bizarres. Il sort alors sa grosse bagnole qu'il conduit comme un fou furieux et reste absent de longues heures. »

Après vérification, on lui a découvert au moins une maîtresse : Prune de La Mirandais.

Cette Prune nous a reçus dans le manoir en cours de restauration de ses parents. La famille, sous des dehors de nouveaux riches, ne semble pas rouler sur l'or. La fille nous a évidemment demandé de rester discrets sur sa liaison. Elle est âgée de dix-neuf ans et fait des études de préparation au concours d'entrée à l'École vétérinaire, dans un institut privé « Bonvallon » que le père a reçu en héritage. L'établissement a du mal à équilibrer son budget.

« Oui, nous nous voyons régulièrement. Mais Michel parle constamment de sa femme. Il lui voue une admiration sans limite et l'aime tendrement. Je ne suis sans doute pour lui qu'une passade, mais en attendant la fin du roman, il me fait découvrir la vie, je veux dire l'amour... physique. »

Interrogatoire des parents de Laure Weibmaster. Ceux-ci vont bientôt descendre dans le Morbihan.

« Le père est un riche industriel qui ne porte pas son gendre dans son cœur, ni au pinacle. La mère, effacée, acquiesce aux dires de son mari.

— Je savais qu'elle faisait une bêtise. Je l'ai prévenue dès le départ que s'enticher de cet... énergumène ne lui procurerait que des ennuis. Mais vous savez ce que c'est... On ne peut rien dire aux jeunes, ou plutôt ils ne vous écoutent pas. L'éternel déficit de communication... Je suis sûr qu'il l'a tuée pour faire main basse sur sa fortune... et la nôtre. C'est un bon à pas grand-chose qui n'a jamais rien fait de ses dix doigts, à part peinturlurer. J'ai engagé un détective qui a vite découvert qu'il entretenait une maîtresse et un fils. Je n'ai pas eu le temps de prévenir ma pauvre Laure...

Puis la mère a fait un malaise et s'est effondrée. Son mari, après s'en être occupé a précisé :

— Moi vivant, il ne touchera pas un sou ! Son crime ne lui rapportera rien ! »

Interrogatoire d'un ami de Michel Constant, Bruce Delaunay :

« Michel est un garçon simple, sans détour. Incapable de commettre l'horreur que vous laissez entendre. Il aime trop la vie pour donner la mort. Pourquoi voulez-vous qu'il aille tuer sa femme dans le Morbihan ? Nous avions découvert cette région à l'adolescence, mais ça ne prouve rien. Les copains qu'on fréquentait étaient plutôt du genre doux dingues que dangereux. Bien sûr, comme tous les couples, ils avaient des hauts et des bas ; mais s'il ne l'avait plus aimée, je pense qu'il l'aurait quittée. Et puis il se serait confié à moi, je suis un ami de jeunesse. Il a quelques aventures, mais ce sont des amourettes sans lendemain. Effectivement, je connais Prune, elle sait qu'elle n'a rien à attendre de durable. »

Examen des comptes en banque de Michel Constant :

« Des sommes régulières ont été retirées, environ 800 euros par mois. Elles sont toutes prélevées en liquide. Le relevé fait aussi apparaître des chèques importants : le client n'a pas l'air de se priver. »

Interrogatoire de la directrice de la galerie où il expose.

Une femme d'une cinquantaine d'années, Sylvie Arnaise.

« Même si les toiles de Michel ne sont pas des chefs-d'œuvre, il dispose d'un brin de talent. Je lui fais plaisir en l'exposant de temps en temps. Il se moque éperdument de ne rien vendre. Nous avons eu une aventure il y a deux ans, maintenant nos relations demeurent sur le registre de l'amitié. Je le connais assez pour savoir que ce n'est pas un criminel. La malheureuse Laure aura été victime d'un effroyable accident. La thèse du crime est une aberration. Il n'avait aucun intérêt à supprimer la poule aux œufs d'or. Je réponds de lui comme de moi. »

Interrogatoire du jardinier.

« Monsieur a toujours un mot gentil à mon égard. Il adorait madame Weibmaster. “Êtes-vous sûr que ma femme veuille repiquer ces fleurs ? Demandez-lui ce qu’elle pense du mélange anémone-tulipe. Cette harmonie de couleurs lui conviendra-t-elle ?” Des disputes ? Pas plus que la moyenne, moi-même avec ma femme... Ce n’est pas pour ça que je désire la tuer. Laissez-le nous revenir vite. Il y a un vide immense ici depuis qu’on a su. »

Dalban demeure perplexe devant ces divers témoignages à charge et à décharge. La police parisienne continue d’ailleurs son enquête pour connaître les liens exacts qui unissent ces gens à Michel Constant. En attendant, il ne sait trop quoi penser. Reste en fin de compte le témoin oculaire, et ça, c’est du solide. Ce petit bonhomme à qui il botterait volontiers les fesses pour s’être ouvert en premier chef à une journaliste. Ce gnome qui ne paie pas de mine à première vue, mais qui enfonce le clou du meurtre sans hésitation. Subsiste-t-il la moindre équivoque ? Il pèse le pour et le contre, essayant de rester le plus objectif possible. Après consultation du parquet, il est décidé de placer Michel Constant en garde à vue.

Enquête sur la vie d'Eugène Pinson

Tandis que Dalban cuisine le jeune homme, ses collègues drômois mènent des investigations sur la vie et l'œuvre du témoin. Eugène Pinson leur a donné l'autorisation de visiter son appartement.

Celui-ci se situe dans une HLM d'un quartier populaire de l'agglomération valençoise.

« L'examen des lieux laisse apparaître une certaine austérité ; il n'y a pas de fioritures ; rien ne dépasse ; l'ordre règne en maître. Nous avons noté une profusion de tiroirs. Pas un tapis ni un cadre de travers : droits et rectilignes, alignés sur les lattes du parquet. Une habitation de maniaque et de méticuleux.

On a trouvé toute une série d'appareils très sophistiqués représentant le dernier cri de la technique. Les branchements se font à l'aide d'une vingtaine de multiprises impeccablement rangées. Pour citer en vrac : ordinateur dernier modèle, modem Internet (nous avons trouvé un *e-mail* sans message, à son nom), deux répondeurs, quatre lignes téléphoniques (dont un numéro sur liste rouge et deux portables), une machine à laver aux multiples programmes, un sèche-linge-repasseur, un four à micro-ondes *high tech*, des plaques à induction, une télévision grand modèle à écran plat (abonnement à une chaîne câblée, antenne parabolique), un nécessaire à sonorisation, du matériel de projection (avec caméra 16/9e), trois appareils photo numériques. Un vélo tout-terrain était garé dans le vestibule.

La chambre est d'une tristesse à mourir : rideaux sombres, tables de chevet noires en bois exotique, couvre-lit gris, lit d'angle à baldaquin sans originalité. Un christ en bois et une icône de la Vierge sont posés sur une commode en Formica. Nous y avons trouvé du matériel sadomasochiste et une flopée de cassettes pornographiques.

Le psychologue qui nous accompagnait a fourni quelques explications. L'appartement révèle un propriétaire à double personnalité. L'une serait timide, rentrée, introvertie et tristounette. L'autre, portée vers la haute technologie, tendrait à laisser présager un manque, une frustration. Ces éléments matériels pourraient représenter une sorte de compensation, ils fourniraient des biens au premier qui en est démuni. On peut évoquer un désir de posséder, d'amasser le plus possible ; ce que la timidité lui empêcherait d'assouvir. Les fouets, objets en latex… appartiennent également à cette deuxième personne. Eugène Pinson à la personnalité duale, sans aller jusqu'à la schizophrénie, présenterait un visage insignifiant à l'extérieur et ne s'épanouirait vraiment qu'à l'intérieur de lui-même et de son trois-pièces. Il pourrait donc exister un besoin d'extériorisation par des coups d'éclat ponctuels qu'il lancerait comme un défi à la face du monde. Ce qui le grandirait momentanément et lui donnerait une raison d'exister.

Pour finir, une anecdote que le psychologue n'a pas su analyser. Une femme de ménage vient chez M. Pinson une fois par semaine. Elle a rapporté qu'un jour, prenant son service, elle l'avait appelé en vain. Après examen de l'appartement, elle finit par trouver son patron agenouillé devant la cuvette des toilettes. Saisie d'étonnement, elle en était restée pétrifiée et silencieuse au milieu de la pièce. Pinson disait une messe à Maurice (le poisson rouge). Après des paroles incompréhensibles, car psalmodiées, il avait tiré la chasse d'eau en disant, cette fois distinctement : “Maurice, par ces tuyaux, rejoins le centre de la terre. Ils te permettront de gagner le paradis. Puisque tu as été incompris ici-bas, tu deviendras Dieu dans l'éther…” Elle a gardé de ce discours sibyllin les mots exacts gravés dans sa mémoire. Par ailleurs, elle n'apporte pas grand-chose de plus sur la personne de son patron, auquel avoue-t-elle humblement, elle “ne comprend rien à rien !”

Enquête auprès de ses collègues de l'ANPE :

« C'est un homme effacé qui dit toujours oui à ce qu'on lui demande. Oui à ses collègues. Oui à sa hiérarchie. Il est très peu contrariant. Quelqu'un nous a précisé : “droit dans ses bottes !” Il est très compétent et pertinent quant à ses conseils aux usagers. Il est considéré unanimement comme un bon conseiller à l'emploi. Mais s'il prête une oreille attentive aux chômeurs, en revanche il parle peu. Les femmes notent qu'il éprouve des difficultés à engager le dialogue avec elles. Elles supposent qu'elles l'ennuient. Quand il vient prendre un pot à la cafétéria (il boit du thé aux amandes douces dont il a une réserve personnelle, alors que les autres ont une cagnotte pour les boissons), il lit fréquemment les documents affichés sur les panneaux syndicaux, trouvant ainsi prétexte pour ne pas participer aux conversations. Il n'émet aucune remarque ni commentaire. Ses gestes ne sont jamais déplacés ; tout semble étudié, jusqu'à sa démarche. Il porte toujours les mêmes vêtements sauf en de rares occasions : costume gris, chemise blanche, cravate. C'est un collègue sans histoires.

À la question : pensez-vous qu'il puisse affabuler ou nuire à quelqu'un d'une façon ou d'une autre, la réponse fuse, catégorique : NON ! C'est d'après eux une personne dépourvue d'imagination qui ne s'attache qu'aux faits, rien qu'aux faits. Il ne détournerait pas une virgule d'un texte, il ne se mettrait jamais en marge de la loi (ce n'est pas comme certains !), incapable de malhonnêteté. »

Interrogatoire des gens du voisinage :

« On n'entend jamais de bruit chez lui, c'est comme s'il n'existait pas. Il s'arrange pour mettre ses machines (qui sont relativement silencieuses) en route la nuit. Il ne reçoit personne. Il est poli et amène avec les voisins qu'il ne fuit pas, mais il ne montre pas d'empressement à les rencontrer non plus. Il répond simplement aux questions qu'on lui pose sans en poser lui-même, à peine quelques remarques sur le temps qu'il fait ou qu'il fera. Si tout le monde avait la même attitude dans l'immeuble, il n'y aurait jamais d'histoires (et Dieu sait s'il y en a !). »

Sa mère nous précise que le père d'Eugène Pinson les a abandonnés à la naissance de l'enfant. Le père adoptif qui l'a reconnu est mort il y a quelques années. Un ancien militaire. « Il l'aimait comme son propre fils ! » On l'interroge sur son enfance :

« C'était un petit qui jouait tout seul avec peu de chose. Il ne cherchait pas à avoir de copains. D'ailleurs il ne demandait rien. Jamais un mot plus haut que l'autre, jamais une colère enfantine. Il a suivi une scolarité normale, bien noté par les enseignants, juste un peu plus que la moyenne. Il ne m'a jamais posé de problèmes. Je pense que ça lui aurait fait du bien d'avoir des frères et des sœurs. Quand mon mari est mort d'un cancer du poumon, Eugène n'a pas versé une larme, on l'aurait dit indifférent. En fait il gardait sa douleur pour lui. Il garde toujours tout pour lui. On ignore ses états d'âme et ce qu'il pense vraiment. Même à moi il ne confie rien. Il vient me voir tous les dimanches. Nous déjeunons tous les deux, allons faire une balade, prenons le thé, puis il rentre chez lui vers les dix-huit heures. Il ne m'a fait faux bond qu'une fois, lorsqu'il était cloué au lit avec une mauvaise grippe. Cela doit être un de ses premiers voyages en solitaire, d'habitude nous partons tous les deux... mais je suis trop vieille maintenant !

— Il semble préférer les poissons rouges aux chiens et aux chats...

— Nous n'en avons jamais eu à la maison. C'est vrai qu'un animal lui tiendrait compagnie, mais n'essayez pas de lui imposer une chose dont il ne veut pas. Il est têtu... sans doute ses origines bretonnes ! »

Eugène Pinson a donc une personnalité insaisissable, une sorte d'anguille qu'on ne peut facilement attraper et qui semble préférer les profondeurs liquides aux écueils de la terre ferme.

Interrogatoire d'Eugène Pinson par le commissaire Dalban

— Vous auriez dû réserver la primeur de votre témoignage à la police, comme tout bon citoyen !

— J'avais peur de ne pas être cru.

— Votre témoignage serait donc sujet à caution ?

— Ce n'est pas ce que je veux dire...

— Que voulez-vous dire, alors ?

— Je veux dire qu'il y a tellement de... coïncidences, de faits troublants dans mon histoire, qu'elle est... difficile à croire.

— Passons... Pinson Eugène, né à Auray dans le Morbihan, de Noémie et Norbert Pinson...

Il se tient droit comme un I sur le siège inconfortable. Dalban joue avec un trombone qu'il triture.

— Norbert Pinson n'est pas mon vrai père, mais vous devez le savoir.

— N'avez-vous jamais cherché à connaître votre vrai père ? C'est dans l'air du temps.

— Celui-là m'a suffi. Je crois. Il est mort.

— Ne concevez-vous pas quelque aigreur de l'abandon du père, de son manque de... reconnaissance ?

— Je vois où vous voulez en venir. Suis-je accusé de quelque chose ?

— Vous êtes témoin dans une affaire de mort violente, qui peut devenir criminelle, je m'assure de votre fiabilité. Je le dois entre autre à Michel Constant que vous accusez. Il risque gros sur ce coup-là, vous en êtes conscient ?

— J'assume ! Je dis la vérité !

— On n'en est pas encore au procès. Revenons à votre enfance... Votre père vous abandonne.

Eugène se montre mal à l'aise. Il essaie de ne pas bouger, mais ses fesses lui font mal. Il se cache le visage dans les mains. Il voudrait visiblement être ailleurs.

— J'en éprouve une profonde injustice. Pourquoi moi ? Pourquoi ce géniteur me laisserait-il seul dans l'aigreur du monde ? Ai-je manqué de respect à Dieu ? Ai-je déjà perdu l'innocence ?

— Un autre arrive, qui vous prend dans les bras. Il vous sourit...

— J'ai peur qu'il ne m'accepte pas. De ne pas être assez bien pour lui. Je dois faire des efforts, me montrer à la hauteur. C'est difficile quand on est tout petit.

— C'est cela, vous devrez désormais accomplir des efforts surhumains pour qu'on vous accepte. Par peur de rester seul au monde. Vous vous créez tout un cirque dans votre tête. Dans votre tête vous serez le meilleur, puisque au-dehors c'est si difficile.

— Je m'aperçois très vite que je suis tout juste toléré. On fait semblant. On me fait semblant. Un vilain petit canard...

— Un Maurice qui étouffe dans son bocal.

— Comment savez-vous ?

— Poursuivez !

— Après avoir tant essayé, je constate que chacun roule pour soi. Je me renferme. Je me referme. Comme une huître.

— Nouvelle étape... On ne vous mérite pas. Vous allez vivre en marge. Avec les autres puisqu'il le faut, mais à côté, ou plutôt en dehors. Les autres ne voulant pas de vous, vous allez vous enfruiter tout seul.

— Je me suis créé un monde à part. Mais vous ne pouvez pas comprendre, et tout cela ne sert à rien.

— Tout me sert, au contraire. J'ai impérativement besoin de savoir si ce que vous avez vu dans vos jumelles n'est pas de la pure imagination ou un déguisement de la réalité. En raccourci : ne voulez-vous pas vous rendre intéressant aux yeux des autres ?

— Là je vous arrête ! (Dalban fait la moue à ce jeu de mot involontaire.) Vous faites fausse route. J'ai expliqué les faits tels qu'ils se sont passés.

— Justement ! Venons-en aux faits. Lors d'une randonnée sur la Côte Sauvage à Quiberon, vous décidez de regarder subitement dans vos jumelles ; non pas le paysage somptueux qui vous entoure, mais deux personnes totalement inconnues.

— Je ne décide pas, c'est le hasard ; elles se trouvent dans mon champ de vision.

— Mais au lieu de passer à autre chose comme l'eût fait n'importe qui, vous restez fixé, rivé même, sur ces deux étrangers. Ne s'agit-il pas là de voyeurisme ?

— J'ignore ce qui m'a poussé. Je regarde... point à la ligne.

— Et vous voyez... ou vous croyez voir, un crime. L'homme pousse la femme dans le ravin ! J'ai fait l'expérience : à cette distance on ne peut jurer de rien.

— Je suis sûr de moi. Il s'est approché. Elle ne s'est pas méfiée. Il l'a basculée en un éclair.

— Tenait-il toujours l'appareil photo ?

— Oui... je pense que oui... Pourquoi ?

— S'il avait poussé sa femme, l'appareil serait tombé.

— Je n'ai pas prêté attention à ce détail.

— À un moment, l'homme a dû vous cacher la femme.

— C'est exact.

— Comment alors pouvez-vous assurer qu'il y a eu meurtre ?

— Je le sais. Il avait les mains, au moins une, en position de pousser sa victime.

— On utilise la même position pour retenir !

— Monsieur le commissaire, cet homme est coupable ! Michel Constant a tué sa femme !

— Avez-vous des raisons de lui en vouloir ?

— Aucune !

— Avez-vous regardé aux pieds de Laure Weibmaster ?

— Je ne comprends pas...

— Le bas de son corps a-t-il à un moment été dans vos jumelles ?

— Oui.

— Y avait-il quelque chose de particulier par terre, un animal, par exemple ?

— Je n'ai rien vu de tel.

— Avez-vous des précisions à rajouter ?

— Une voiture est passée. Elle a ralenti à leur hauteur. Les occupants ont pu noter un détail qui m'aurait échappé.

— De quelle marque, l'automobile ?

— Une Polo wolskwagen, me semble-t-il, de couleur sombre : grise ou noire.

— Veuillez rester à notre disposition. Vous ne quittez pas la région pour l'instant. Je vous recontacterai...

Interrogatoire de Michel Constant à la lumière du témoignage d'Eugène Pinson

Après la garde à vue insuffisante, Michel Constant a été mis en examen. Dalban a souhaité que le juge d'instruction l'épaule activement dans cette affaire où il n'est pas sûr de lui. Aubert est une personne grande, longue, sèche comme un coup de fouet. Sa voix est rauque et nasillarde. Le greffier est une greffière.

Michel Constant a les traits tirés. Il se trouve maintenant aux mains de la machine judiciaire et celle-ci, en rouleau compresseur, ne le lâchera pas de sitôt. Malgré tout, il préfère pour l'instant ne pas se faire assister d'un avocat.

Le juge d'instruction entame l'interrogatoire :

— Avant votre mariage, vous avez mené une vie dissolue qui n'a pas cessé avec celui-ci. N'étiez-vous pas satisfait de vos relations physiques avec votre femme pour devenir l'amant d'une jeunette ?

Il jette un coup d'œil à Dalban pour voir comment il apprécie l'angle d'attaque.

— J'aimais... J'aime Laure, même si vous avez tous du mal à le comprendre, au-delà de ce que vous pouvez supposer.

— Ne supposons pas, attachons-nous à la réalité ! Vous avez une maîtresse attitrée... commissaire...

Dalban compulse ses notes :

— Prune de La Mirandais !

Aubert reprend en parcourant le dossier :

— Une jeune fille de dix-neuf ans, issue d'une famille honorable.

— Prune pétille de vie et je lui apprends les rudiments de l'amour.

— Appréciait-elle le fait que vous soyez marié ? En gros, est-ce que ça l'excitait de tromper entre vos bras une célébrité ?

— Je ne trompais pas Laure. Je me situais sur un autre plan. Elle était souvent fatiguée et approuvait tacitement que j'aille voir ailleurs. Quant à Prune, elle est incapable de cynisme.

Dalban intervient :

— En fait, tout le monde y trouvait son compte. C'est ce que vous voulez nous faire croire.

Le juge d'instruction revient à la charge :

— Vos comptes ont été vérifiés. Des

sommes en espèces sont régulièrement prélevées, elles ressemblent à des mensualités...

Michel Constant se racle la gorge. Avant de rencontrer sa femme, il a eu une longue liaison avec Jeanine Carnot dont est né un fils : Jérôme. Il ne voit que trop rarement à son goût ce bel enfant aux yeux noisette où s'engloutissent ceux qui s'en approchent. Il paie la pension alimentaire et les frais de scolarité.

— Votre femme était-elle au courant ?

— J'ai hésité à le lui dire. J'avais peur de la bouleverser. Je n'ai pas osé affronter ses réactions. Les top-modèles sont fragiles, elles ont constamment besoin d'être rassurées.

— Vous aviez besoin de beaucoup d'argent pour entretenir vos maîtresses et votre enfant. Laure Weibmaster alimentait vos comptes sans vous poser de questions. Cela ne semble pas tellement vous gêner, ajouta Dalban.

— Elle n'accordait que peu d'importance à l'argent. Elle en a toujours eu. Pour elle ça n'a jamais représenté un problème.

— Vous pouviez ainsi dépenser sans compter et avec bonne conscience, enchaîna Aubert.

— Je voudrais vous faire remarquer qu'il s'agissait de sommes peu importantes pour Laure qui ne connaissait pas sa fortune.

— Dix millions de francs !... Une

somme sans importance, comme vous y allez !

Michel Constant écarquille les yeux.

— Un million cinq cent mille euros et des brouettes ! Ignorez-vous que votre femme avait souscrit une assurance-vie sur sa tête, au cas où elle ne pourrait plus exercer ses activités ? En outre, elle vous désignait bénéficiaire en cas de décès.

Aubert a pris un ton solennel. L'accusation est de taille. Elle peut constituer un mobile.

Le jeune homme bredouille qu'il n'était pas au courant des affaires de Laure. Qu'elle était conseillée par son avocat Karl Alden et qu'il n'assistait jamais à leurs entrevues.

— Laure a toujours voulu m'assurer une vie confortable après mes galères de jeunesse. Elle voulait que je laisse tomber mes anciennes magouilles minables. Elle m'offrait ce qu'elle avait sans se poser la moindre question : pour elle une partie m'en revenait automatiquement. Il n'y avait pas de questions d'argent entre nous. Nous n'abordions jamais ce sujet.

Michel Constant semble prêcher dans le désert, face aux deux accusateurs qui le cernent par leurs mises en doute. Il combat à la Don Quichotte et se sent traqué. Acculé. Incompris. Il éprouve un mal fou à se défendre. Il n'a pas les mots. Il n'a pas les arguments.

Il a besoin d'argent. Toujours plus.

Sa femme a beau lui en fournir, ce n'est pas suffisant. Il lui suggère de prendre une assurance-vie. Pour un gros montant. Et il imagine alors un plan diabolique pour la faire disparaître. Il récupérera le milliard de centimes. Il ne devra rien à personne. Peut-être se fera-t-il aider dans son entreprise par sa maîtresse.

Aubert en est à peu près là.

— Admettons encore... même si cela fait beaucoup de raisons... Il y a l'irréfutable : un témoin. LE témoin. Celui-ci, sous serment, affirme qu'il vous a vu pousser votre femme dans le ravin. Il s'agit d'une personne digne de foi. Qu'allez-vous trouver comme pirouette, pour vous sortir de ce nouvel élément à charge ?

Quel est ce témoin qu'il ne connaît ni d'Ève ni d'Adam ? Pourquoi lui en veut-on à ce point ? D'une part, il est impossible que quelqu'un ait assisté à la scène. D'autre part, on n'a pas pu le voir pousser, c'est impossible ! La personne quelle qu'elle soit doit imaginer, affabuler...

— Je souhaite une confrontation !

Il a sorti cette phrase sans vraiment s'y être préparé, comme une bouée de sauvetage, un appel au secours. L'ultime recours.

Le commissaire Dalban le prévient que le remède peut être pire que le mal. D'un air entendu :

— Vous ne connaissez pas Eugène Pinson...

Après son audition et en attendant la confrontation, Michel Constant est placé sous mandat de dépôt. Ses explications sont loin d'avoir convaincu les autorités policières et judiciaires.

Confrontation entre Michel Constant et Eugène Pinson

Le combat semble inégal. David contre Goliath. L'eau contre le feu. Le jour contre la nuit. Le nanti contre le déshérité. Dans un coin du ring, on a un bel athlète musclé prêt à l'affrontement ; resplendissant, plein de vie et d'énergie. Dans l'autre, un petit individu virgulé ne payant pas de mine, peu taillé pour les joutes, surmonté d'une tête bizarre. S'excusant presque d'exister. L'issue ne fait aucun doute.

Et pourtant... À ce combat-là, Eugène Pinson sera le plus fort. Lui n'a rien à perdre.

Dalban, l'arbitre du combat en jouit d'avance. Par procuration. Quelque chose d'intéressant se passe dans sa petite vie étriquée, dans sa carrière de policier sans grandes affaires à se mettre sous la dent. Aubert reste en retrait, derrière une glace sans tain.

Le commissaire frémit, tout affriolé ; ses poils se hérissent lorsqu'il introduit les deux gladiateurs dans l'arène.

— Eugène Pinson, témoin oculaire, AFFIRME qu'il vous a vu pousser Laure Weibmaster dans le vide.

Michel Constant jauge l'adversaire en un éclair : ce petit rabougri chétif, personnage tiré d'un roman de basse littérature, va lui donner du fil à retordre. Il interpelle Eugène Pinson :

— Monsieur, je ne vous connais pas, mais j'en appelle à votre civisme. Pouvez-vous maintenir, en me regardant droit dans les yeux, que vous m'avez vu pousser ma femme ?

Eugène le regarde en plein, sans ciller des yeux. Une force inconnue s'empare de lui pour la première fois de son existence et submerge son être tout entier. Sa réponse tombe comme une sentence :

— Vous l'avez bel et bien tuée ! Je ne sais ni pour qui ni pourquoi et ne veux pas le savoir, mais le fait est certain. Vous avez volontairement poussé la personne assise sur le parapet sur la Côte Sauvage de Quiberon. Il n'y a aucun doute possible.

Dalban essaie de venir en aide à l'accusé.

— Veuillez expliquer, Michel Constant, ce qui d'après vous s'est réellement passé.

— Elle a voulu s'asseoir sur le parapet, dos à la mer, elle avait le vertige. On entendait l'eau rugir en écho au fond du gouffre. Il y avait une brise légère qui jouait dans ses cheveux.

— Pas de lyrisme, du concret !

— Je l'ai prise en photo. À un moment, elle m'a appelé, plus précisément, elle a crié : « Michel ! » Elle venait de voir une vipère, en tout cas elle le croyait, elle a la phobie des serpents. Moi-même je ne suis pas très à l'aise avec ces bestioles. Je lui ai intimé de ne pas bouger. Je me suis approché pour faire fuir l'animal. Quand j'ai été à deux pas, elle a eu un mouvement brusque et...

— Vous l'avez poussée ! réagit Pinson.

Michel Constant s'énerve :

— Non ! Je m'efforce de vous le dire ! J'ai essayé de l'aider. Je vous assure. Comment vous prouver ma bonne foi. J'étais... Je suis... follement amoureux d'elle. Vous ignorez ce qu'est l'amour ? Pourquoi voulez-vous que je l'assassine ? Ma raison de vivre !

Dalban, en expert, intervient :

— Une chose au moins, dans votre témoignage, est invérifiable : la phobie des serpents. Aucune personne interrogée n'a mentionné cette précision.

Eugène Pinson se redresse. Il paraît très à l'aise. À son avantage. Il doit penser que l'autre va perdre son calme, qu'il va craquer, avouer peut-être ; ou alors lui sauter dessus et lui casser la gueule. Ce serait la réaction normale d'un innocent. Il n'a plus d'autre solution. Il est à bout. Poussé dans ses derniers retranchements. Eugène essaie de porter l'estocade :

— Monsieur Constant, vous avez raison sur un point...

Dalban prête l'oreille.

— Je ne vous connais pas. Je n'ai aucune raison particulière de vous nuire. Votre insistance à nier les faits est inconcevable. Dîtes enfin la vérité nom de... Le commissaire peut confirmer qu'il sera tenu compte de vos aveux lors du procès. Je ne vous veux pas de mal. Ce n'est d'ailleurs pas vous personnellement que j'accuse. Cela pourrait être un autre. Si vous étiez à ma place, vous ne POURRIEZ pas faire autrement que rapporter ce que vous avez vu. J'ai conscience que mon témoignage vous cause des soucis, mais je n'en ai pas d'autre à servir. Je ne peux tout de même pas mentir pour vous faire plaisir ! Non je ne le peux pas (il fixe Dalban), de quoi aurais-je l'air ? Je ne pourrais plus me regarder dans une glace.

Après ce réquisitoire implacable, le commissaire reprend la parole :

— M. Pinson a mentionné une voiture. Vous rappelez-vous en avoir vu une ?

Michel Constant fouille douloureusement dans ses souvenirs. Mais rien ne lui revient en mémoire. Il semble presque mort. Terrassé. Il ne peut proférer un mot. La situation est intenable. L'autre se montre si sûr de lui. Il perd de sa superbe. Il devient chiffe molle dans son coin du ring.

Et il n'y a pas de manager pour l'éponger, le rassurer, l'encourager, lui donner une seule raison d'espérer. Peut-être aurait-il dû se faire assister d'un avocat.

Il éclate alors en sanglots irrépressibles, trop longtemps contenus. Son corps est secoué de spasmes, parcouru d'une onde de choc incontrôlée. Sa respiration devient courte. Il étouffe. Il suffoque. L'air vient à lui manquer. Il tombe lourdement de sa chaise en proie à une sorte de crise d'épilepsie.

Dalban appelle ses sbires qui ramènent l'accusé dans sa cellule.

Eugène Pinson n'a pas bronché. Se recule sur sa chaise. Se réfugie dans une attitude figée. Dalban le regarde d'un air bizarre.

— Avez-vous quelque chose à ajouter ?

La douceur du ton tranche avec la froideur du regard. Elle incite à la confidence.

Je vous laisse une dernière chance. Vous pouvez encore revenir sur votre témoignage. Il n'est jamais trop tard. Je ne vous en tiendrai pas rigueur.

C'est à ce degré de réflexion du commissaire qu'Eugène Pinson choisit de briser le silence qui pesait, pour énoncer simplement :

— J'ai dit tout ce que j'avais à dire...

Eugène et Mouna

Eugène Pinson se dit qu'en définitive ce n'est pas si difficile de faire un faux témoignage. Il suffit de le vouloir. Et après tout, ce qu'il raconte est plausible...

Comme il doit rester encore quelques jours, « au moins jusqu'à la reconstitution », a souligné Dalban, il flâne dans les rues de Vannes. Il se « fait » les remparts, comme on se ferait un lavement : sans plaisir, par nécessité. Il se demande pourquoi des hommes ont dû se protéger au fil du temps, toujours se protéger contre d'autres hommes. Quelle est cette espèce qui doit constamment guerroyer pour exister, forcer, obliger ses congénères. La violence encore et encore...

Il a bien essayé de conclure avec la partenaire avenante de l'hôtel, mais celle-ci s'est dérobée au dernier moment. N'apprécierait-elle que les préliminaires ? Eugène Pinson l'insulte intérieurement et se sent tout ragaillardi par tant d'audace. Son combat victorieux lui a donné une pêche extraordinaire. Il se sent prêt à démonter des montagnes et aller les reconstruire ailleurs. Ou déplacer des océans... Il sourit en pensant à celui de la presqu'île, théâtre de son récent avènement. Il a conçu la pièce (les décors et les personnages existaient avant lui), travaillé les répliques, peaufiné la mise en scène et a maîtrisé la fin. Il atteint le sommet de cet art nouveau pour lui !

Tout auréolé d'une nouvelle confiance, il a donc accepté le rendez-vous que Mouna Hézel lui a fixé.

— Je vais vous faire découvrir les petites cités de caractère du pays de Vannes... Vous ne le regretterez pas, et puis nous pourrons faire plus ample connaissance.

Elle conduit une voiture de sport pour laquelle il fait montre d'un intérêt poli. Elle porte des lunettes de soleil et sa chevelure brune et bouclée a des reflets roux.

Le Gorvello est un bourg typique à l'harmonieuse architecture ancienne d'où l'on découvre le manoir du Plessis-Josso, une ancienne demeure seigneuriale du XVe siècle. Ils poursuivent sur Elven et ses tours qui sont les restes de la forteresse de Largoët, avec le plus haut donjon de France (45 m). Il accepte après tractations de gravir le chemin de croix de Callac, lieu de pèlerinage très visité où ils s'arrêtent aux 14 stations qui comportent 51 personnages grandeur nature taillés dans le granit.

— J'y crois pas ! lance Eugène, tout essoufflé, alors qu'ils parviennent au sommet.

Décidément, très hermétique le bonhomme !

Il s'extasie en pénétrant dans le superbe village de La Vraie-Croix (« Vera Cruz » dit Mouna pour blaguer), qui possède 4 étoiles aux Villages fleuris.

— Celui-ci tient son nom d'une relique des Hospitaliers de Saint-Jean-de-Jérusalem... vraisemblablement, lance Mouna en souriant. Les maisons en pierres de granit gris, sont fleuries par les habitants qui se tirent la bourre entre eux.

— Après l'enfer de la montée, nous voilà au paradis !

Eugène est en verve.

Ils visitent rapidement les halles du XVIe siècle à Questembert ; puis filent sur Malestroit où coule l'Oust, au cœur du pays Gallo ; flânent dans la ville en admirant les vieilles maisons à colombage. Puis à Rochefort-en-Terre ils admirent les quelques centaines de maisons regroupées sur un éperon rocheux, car la ville a toujours eu une fonction défensive. Mouna lui parle du fameux château qui abrite un musée où sont rassemblés des coiffes bretonnes et des objets traditionnels de la vie rurale.

Ils continuent leur périple par Le Guerno, ancien lieu de pèlerinage où est érigée l'église dite des Templiers flanquée d'une chaire extérieure et d'une tour poivrière. Traversée rapide de Pénestin, village du bord de mer ; puis visite du barrage d'Arzal. Mouna lui parle de Suscinio, le plus grand château du Moyen Âge restauré de l'ouest de la France. Mais ils n'auront pas le temps de visiter la presqu'île de Rhuys, éternelle rivale de celle de Quiberon. Ils finissent par dîner, vers Muzillac, dans un hôtel-restaurant deux étoiles, qui a bonne réputation.

— Je ne veux pas retourner sur Vannes ce soir..., laisse tomber Eugène Pinson, laconique.

Il a peu parlé au cours de l'après-midi. (« Vous m'en avez mis plein la vue ! et plein les bottes ! » lui a-t-il tout de même dit, alors qu'elle arrêtait la voiture.) Mouna veut tester cet économe en tout, même en conversation. Mais elle laisse passer le repas où ils consomment d'énormes saucisses accompagnées de pommes de terre à l'étouffée, cuites sur un feu de bois, devant les clients. Ils commandent un litre de cidre de Surzur et terminent par un far aux pruneaux.

Elle préfère attendre le coucher. Il n'a émis aucun commentaire quand elle a réservé une seule chambre. Comme si c'était dans l'ordre des choses.

Eugène n'est pas rassuré du tout. Il a perdu de sa superbe, son auréole se fendille. Il ne sait trop comment réagir avec cette journaliste. Il se demanderait presque comment ça marche, les femmes ! Surtout cette femme-là qui l'a bassiné de banalités touristiques et dont il ne sait pas où elle veut en venir. La morosité de la chambre ne l'aide pas dans son entreprise.

— Jurez-moi sur ce que vous avez de plus cher que vous n'avez pas inventé toute cette histoire pour vous faire mousser ! Nous sommes entre nous et vous aurez beau jeu de revenir sur vos aveux. Si vous êtes gentil avec moi (elle lui coule un regard langoureux), je serai gentille avec vous. Si vous sentez ce que je veux dire... (elle lui met la main sur le sexe).

Eugène s'apprête à livrer un nouveau combat. Cette femme est le démon en personne descendu sur terre pour le ramener avec elle en enfer. Il tarde à répondre. Volontairement. Pour ne pas donner prise trop vite à une nouvelle réplique. Il baisse son pantalon. L'enlève. Baisse son slip. L'enlève. Et demande une fellation.

Mouna Hézel s'en acquitte avec l'application et l'expertise qu'elle met dans l'écriture de ses articles. Elle veut en tirer la quintessence. La substantifique moelle. Elle reçoit le liquide comme un aveu. Se dit : *Ça y est, je le possède !* Même au prix des brûlures au fond de la gorge. Eugène la remercie poliment et lui dit en la regardant dans le blanc de l'œil :

— Je jure que mes affirmations sont l'exacte vérité !

La pièce est sobre. Les tentures rappellent celles de sa chambre. Il y voit des dessins que d'autres ne verraient pas.

Mouna passe par tous les sentiments qui ont habité le commissaire Dalban. Un cri au loin d'un oiseau nocturne.

Il lui ordonne alors :

— Allongez-vous sur le lit !

Il commence à la déshabiller posément, à l'éplucher avec tendresse. Mouna, nue, a froid, ses aréoles se hérissent par réflexe.

Il entreprend ensuite de la lécher de fond en comble. Avec méthode. De n'ignorer aucune partie de son corps. Comme pour laisser son empreinte, les marques de son passage. Tel un animal qui délimiterait son territoire. La journaliste au début a voulu jouer les belles indifférentes. *Il ne m'aura pas... Il ne m'aura pas...* Puis elle a fondu sous les caresses et la salive. Elle a eu chaud. Son corps a levé comme une pâte sous l'action du levain. L'homme sur elle, auprès d'elle, lui donne du plaisir.

Quand il a terminé de lécher les orteils un par un – bête appliquée à contenter son propriétaire –, il va chercher deux serviettes dans la salle de bains. Puis il attache les deux bras de la femme à la tête du lit. Celle-ci voit sa dernière heure arriver. L'angoisse succède au plaisir. En fait, il s'agit d'un pervers qui va la torturer là, sans autre forme de procès et l'achever à coups de rasoir ou l'étrangler en scrutant les grimaces sur son visage. Elle avait raison de trouver cet homme bizarre. Elle veut crier, mais il lui enfourne un gant de toilette dans la bouche. Elle essaie de ne pas le regarder, mais est attirée par ses yeux de serpent qui recèlent des lueurs étranges. Affairés. Possédés. C'est cela, il va la posséder, l'envahir, la désarticuler.

Eugène Pinson se met entre ses jambes, les écartant sans ménagement. Puis il insinue sa langue entre les lèvres de son sexe. Elle voudrait arrêter cet engin râpeux, mais finalement en redemande. Que cela ne finisse jamais. La rapproche de l'éternité. Du point G. Le gant l'empêche de parler. Elle voudrait surtout hurler. Eugène lui presse le bassin à l'extrême, explorant les moindres recoins. Comme si après l'extérieur entièrement sondé, il lui fallait maintenant parachever l'œuvre.

Cette fois elle n'en peut plus, elle va crier. Emportée par le spasme du plaisir qui monte en elle inexorablement. Elle se retient jusqu'à l'extrême limite. *Il ne m'aura pas... Il ne m'aura pas...* Et puis, vaincue, elle finit par s'abandonner. Elle se donne. Mais il refuse de la prendre.

Lui, il semble n'éprouver aucun plaisir. Un simple remerciement pour cette Mouna à qui il fait partager son secret, mais sans qu'elle le sache. Il n'est que recul. Extérieur à l'acte. Pas impliqué. Il s'affuble du titre de médiateur, un objet pour la circonstance. Il n'interprète pas la scène. Ce n'est pas sa pièce. Sa pièce il l'a déjà jouée. Hors-jeu. Hors-texte. Hors d'atteinte.

Elle jouit. Cela dure mille ans. Il y a des étoiles et des métamorphoses. Des lambeaux d'arc-en-ciel. Tout bascule. Eugène se détache. Eugène la détache. Ils ne parleront plus.

La reconstitution

On a installé un filet de protection en contrebas du parapet pour la reconstitution. Il règne un temps épouvantable : pluie et vent semblent s'être déchaînés, comme souvent sur la Côte Sauvage. Plus que les sanglots de l'antre liquide, on entend plutôt ses cris déchirants. Des paquets de mer s'acharnent sur les falaises. Des gerbes d'écume laiteuses se détachent en morceaux cotonneux.

Dalban a décidé d'accompagner Eugène Pinson. Le juge Aubert s'attache pour sa part à la personne de Michel Constant. Il lui précise :

— Mettez-vous dans la position exacte où vous étiez et faites semblant de prendre des clichés.

Les photographies développées par le laboratoire de la police n'ont pas révélé grand-chose. Tout juste sur l'une d'elles, la seule de Laure Weibmaster en pied, on note une tache sombre à laquelle les spécialistes n'ont pu attribuer d'origine certaine. Sur toutes, Laure est détendue et joyeuse. Belle et photogénique.

« Oui, c'est ça ma chérie, fais-moi du charme. Ne regarde pas vers le vide, l'abîme peut t'attirer. »

Michel Constant a-t-il vraiment prononcé ces mots qu'il adresse à l'attention de Gisèle Crassard – une auxiliaire de la police ? « À un moment, Laure crie : Michel ! » Aubert lance à Crassard :

— Criez Michel !

— Michel !

— Quoi ! Qu'est-ce qu'il y a ?

— Une bête !

— Ne bouge pas !

Il s'approche.

Dalban se saisit des jumelles.

— Vous étiez exactement ici ?

— Il me semble... oui... Difficile de trouver le lieu précis.

— Cet arbuste cache votre vue ! On voit mal l'action.

— N'oubliez pas, commissaire, que le vent était léger, contrairement à aujourd'hui, les buissons bougeaient à peine. Je voyais distinctement.

Ils ruissellent de pluie. Les lunettes des jumelles sont embuées.

Michel Constant s'approche. Il essaie d'écraser la vipère. Il a les mains devant lui, l'appareil pend à son cou.

— Pourquoi placez-vous instinctivement les mains comme pour pousser, alors que vous dites essayer de chasser ou tuer le serpent avec vos pieds ? demande Aubert.

Il n'a pas de réponse.

« Il s'est approché de Laure pour la sauver du danger. Il sait que le moindre faux mouvement peut provoquer sa chute. Il tend les mains pour la protéger. »

Pinson exulte :

— Voyez ! Il la pousse presque. Le visage de la femme est crispé. Si vous retrouviez les occupants de l'automobile, ils pourraient confirmer. Elle comprend ce qu'il veut lui faire. Elle est horrifiée.

Dalban reprend les jumelles, examine une nouvelle fois la scène et lance à Eugène Pinson :

— Comment pouvez-vous cerner l'expression de la jeune femme, alors que son mari est devant et qu'il cache son visage ?

— Vous oubliez, commissaire, que Constant venait de la droite de la victime et que ma position se situe légèrement sur la gauche. Son visage ne m'était pas caché. Je pouvais voir ses traits : c'était ceux de quelqu'un qui a peur.

— Et alors maintenant, que faites-vous ? demande Aubert.

— Je... je ne sais... elle fait un faux mouvement, elle va tomber. J'essaie de l'en empêcher.

— Poussez-la ! Poussez mademoiselle Crassard !

Michel Constant ne dispose que d'une

fraction de seconde. Il peut encore la sauver.

« Ne bouge pas ! Je t'en supplie ! C'est une couleuvre. Ce n'est pas dangereux. Je vais la faire fuir. Tu vas te relever doucement et te jeter dans mes bras. Tends les mains ! »

Le juge d'instruction intervient :

— Michel Constant, vous venez de parler de couleuvre, comment le saviez-vous ? Vous n'êtes pas un spécialiste en erpétologie me semble-t-il !

— Je... ce mot m'est venu comme ça, je ne savais pas de quel serpent il s'agissait.

Aubert reprend :

— Poussez-la, maintenant ! Qu'on en finisse !

« Tends-moi les bras ! Non attends, c'est moi qui vais te prendre. Regarde-moi dans les yeux. Ne lâche pas mon regard. J'arrive... »

— Poussez !

Le jeune homme crie avec rage, dégoulinant de pluie, dans le brouhaha des bourrasques :

— Je ne l'ai pas poussée !

— Poussez ! Il faut qu'elle tombe ! hurle Aubert.

Michel Constant pousse alors sans conviction Gisèle Crassard qui rebondit dans le filet. Oh il n'a pas poussé bien fort : une pichenette de la main droite, juste au-dessus du sein.

C'était trop facile. Cette Crassard devait s'y préparer. C'est ça, l'auxiliaire de police était préparée. On a dû lui dire : « dès qu'il te frôle, tu bascules ! » Il réfute par avance cette actrice engagée.

Il ne tend même pas les bras au-dessus du parapet. Pour la retenir. Pour la rattraper. C'est de la mise en scène. Ses mains devaient brasser du vide, repliées sur l'air. Les yeux fixés sur le corps qui tombe. Qui devient une tête d'épingle.

Michel Constant devient hagard. Pâle comme un linceul. Qui l'engloutit.

Eugène Pinson, là-haut, jubile :

— Vous voyez, j'avais raison, c'est lui qui l'a tuée !

Dalban était aux jumelles. Il a vu le mouvement du bras droit de Michel Constant. On ne peut que se rendre à l'évidence. Il est le meurtrier de son épouse. Il voulait toucher la prime d'assurance. Le crime parfait. Presque parfait. C'était compter sans le témoin qui passait par là...

Ils rejoignent les autres. Eugène Pinson évite le regard de l'accusé qu'on vient de remenotter. Le fourgon cellulaire l'attend à quelques mètres. Il savoure intérieurement. Il vient de créer le coupable parfait !

Et Dalban philosophe, glisse à Aubert :

— Cette couleuvre c'est un peu l'Arlésienne. L'aurions-nous avalée ?

Le procureur de la République clôture l'instruction. Il prononce à l'encontre de Michel Constant, un arrêt de mise en accusation assorti d'un renvoi devant la cour d'assises.

Deuxième partie

Le procès

Eugène Pinson revient dans le Morbihan pour le procès

Durant cette année écoulée, Eugène Pinson a étudié « l'affaire » de long en large. Ce Michel Constant disposait de nombreuses raisons pour tuer sa femme. Il s'est lentement persuadé de n'avoir été que la main du destin. Son témoignage prenait du sens.

Ses collègues le trouvent plus ouvert, davantage épanoui. Il possède désormais une certaine confiance dans la démarche et dans la voix. Il mène avec eux des discussions parfois vives, sur des sujets d'importance. On apprécie même certains de ses bons mots. Il a pris de l'assurance. « Il est sorti de sa réserve », risque Émilie Bardet, une de ses collègues conseillère à l'ANPE.

Il a d'ailleurs avec cette quadragénaire bien conservée une aventure depuis quelques mois. Ses relations voient même dans cette liaison des bienfaits qu'ils n'auraient imaginés par le passé. Émilie Bardet a perdu son mari dans un absurde accident de la circulation il y a presque cinq ans. Son nouveau compagnon atténue les affres du veuvage.

Eugène a éprouvé quelques difficultés liminaires pour faire les avances, mais il a su rapidement trouver les mots et les arguments qui ont séduit la veuve gracieuse.

Il a arrêté de voir sa mère tous les dimanches, espaçant ses visites pour consacrer plus de temps à Émilie. Celle-ci voue une admiration particulière – de la quasi-dévotion – aux châteaux et demeures bourgeoises. Ils visitent donc ensemble ces lieux d'histoire et de pierres, qu'Émilie a le don de faire parler. Reconstituer des lambeaux de vie, suivre à la trace les faits et gestes de princes et princesses procure à Eugène un plaisir insoupçonné.

Sur le plan sexuel, il n'a réussi sa première pénétration qu'au sixième rapport. Mais depuis il se plonge dans cette activité avec délectation. Émilie a su attendre le moment propice, sans brusquerie ni impatience.

La convocation pour le procès a brisé une partie du bel équilibre. Émilie s'en est rendu compte, elle a posé 15 jours de congés pour l'accompagner.

Ils sont descendus à l'hôtel *Majestic* à Carnac et il a soudoyé discrètement l'agent d'accueil pour obtenir la même chambre que le couple maudit de la Côte Sauvage, dont on connaît maintenant l'histoire dans toute la région. Pour Eugène Pinson, le prix à payer s'efface devant le plaisir qu'il éprouve à remonter aux sources du fait divers.

— Quelqu'un vous attend dans le hall.

Le père de Laure Weibmaster lui tend une main chaleureuse. Eugène se méfie instinctivement de cet homme trop impliqué.

Ils prennent place dans les fauteuils confortables du Relais et châteaux. Roger Cachin est une personne rubiconde qui s'exprime avec difficulté à cause de son asthme.

— Je conviens que ma démarche est pour le moins surprenante. J'irai donc droit au but...

L'homme est habitué à traiter toutes ses affaires rapidement, sans de longs préliminaires. Il dirige une holding de portée internationale cotée en Bourse, qui va du textile à l'audiovisuel, en passant par divers magazines et maisons d'édition. Eugène a lu tout et n'importe quoi sur le riche industriel, dans différents tabloïds. Un personnage impressionnant.

— Avons-nous le droit de nous voir ? risque-t-il, face à l'assurance du père de Laure.

— Je me fous du droit en l'occurrence ! Il suffit de ne pas mentionner notre entrevue, c'est tout, ajoute-t-il plus bas.

Eugène se demande où il veut en venir lorsqu'il lui glisse :

— Vous êtes un homme bien, monsieur Pinson, ça se voit sur vous. (Il le toise.) Et honnête par-dessus le marché. Rassurez-vous, je ne vais pas vous proposer de transgresser la loi.

Il se rapproche du bord du fauteuil et de son interlocuteur.

— Votre labeur, monsieur Pinson, ne vous rapporte pas beaucoup, convenez-en. Les agents de l'ANPE accomplissent un travail extraordinaire...

Eugène ne peut s'empêcher de le couper :

— Pour une fois que quelqu'un le dit !

— Votre action est méconnue du public et sous-estimée. Mais vous êtes peu payés en retour.

Roger Cachin laisse passer un temps et poursuit :

— Ma femme et moi avons énormément souffert de la perte de notre fille. Il est difficile de mesurer à quel point. Pour que s'accomplisse notre deuil, il faut que le coupable soit CONDAMNÉ !

— Je préfère que nous n'abordions pas le futur procès. Je remonte dans ma chambre.

L'industriel semble agacé, habitué qu'il est à toujours terminer les conversations.

— Monsieur Pinson, reviendrez-vous sur votre déposition ?

Eugène se lève.

— Ne partez pas ! Je vous offre la direction d'un de mes quotidiens. Je sais que vous serez à la hauteur. J'ai confiance en vous.

Eugène reste debout. Il rétorque :

— Monsieur Cachin, bien que votre offre soit alléchante, je préfère conserver mon travail. Il est peu rémunéré, comme vous l'avez dit, mais il me plaît. Mon témoignage ne s'achète pas. Moi non plus. Je sais que vous êtes rompu aux tractations les plus délicates, mais celle-là est inacceptable. Je ne comprends pas pourquoi un homme de votre rang s'abaisse à ce point.

L'autre ne comprend pas le sens de la remarque. En général on ne refuse pas une gratification. Surtout lorsqu'elle vient de sa part. Eugène Pinson prend congé sans le saluer. Roger Cachin s'extirpe avec peine du fauteuil et quitte l'hôtel en maugréant, comme si on venait de lui jouer un mauvais tour.

Dalban rend visite à Eugène Pinson

Le commissaire Dalban lui a fixé rendez-vous dans l'après-midi. Émilie, prévenante, lui a dit :

— Ne t'inquiète pas pour moi, j'en profiterai pour aller visiter les magasins.

Une sourde angoisse qu'il semblait avoir éradiquée se met de nouveau à le tarabuster. Il s'en ouvre à sa compagne qui met cela sur le compte de ses problèmes intestinaux. Il a en effet été opéré d'une diverticulose qui a d'ailleurs failli dégénérer en cancer. Depuis, il balance continuellement entre la constipation et la diarrhée.

Dalban le salue fraîchement. Eugène Pinson le questionne poliment sur les mains courantes, puis attaque les choses sérieuses :

— L'instruction est bouclée depuis longtemps, il me semble. Vous ne disposez d'aucun élément nouveau pour la rouvrir.

Dans ces conditions je ne vois pas pourquoi vous voulez rencontrer un témoin.

— Ne la jouez pas sur ce ton... Deux témoins... justement, qui se voient avant un procès, cela peut constituer un délit. Vous pourriez avoir à en répondre.

— Ma parole, vous avez des espions partout ! L'événement auquel vous faites allusion n'est pas de mon fait. Nous nous sommes rencontrés fortuitement et n'avons pas parlé de l'affaire.

— Vous a-t-il proposé de l'argent pour maintenir votre témoignage ? A-t-il tenté de vous suborner ?

— Les micros n'étaient donc pas en place ?

— Ne faites pas le fanfaron... S'il était prouvé que vous percevez de l'argent par un des protagonistes, votre témoignage deviendrait caduc et vous seriez poursuivi. Il serait complètement rayé de l'instruction et vous n'ignorez pas que sans celui-ci il n'existe aucune preuve tangible contre Michel Constant.

— Je sais tout cela. Je maintiens toujours ce que j'ai vu, et gratuitement encore !

— Quant au nouvel élément, vous serez ravi d'apprendre que nous avons retrouvé les occupants de la fameuse petite voiture de couleur sombre. Vous aurez la teneur de leurs propos lors du procès. Je tenais à vous rencontrer pour vous dire qu'il était encore temps de revenir sur votre vision et sur votre interprétation des faits. Pour vous dire aussi qu'il fallait tout mettre en œuvre pour donner toutes les chances à un accusé.

— Ne mettez-vous pas la pression sur un témoin, monsieur le commissaire ?

Eugène Pinson ne souhaite visiblement pas prolonger cet entretien. Le commissaire non plus. Les deux hommes ne se tiennent pas en très haute estime. Ils éprouvent l'un pour l'autre une sorte de méfiance qui n'échappe à personne.

Début du procès

Le juge Mary est un homme intransigeant, réputé pour passer peu de choses à ses congénères. La nature l'a pourvu d'un humour caustique de pince-sans-rire et sa complexion sèche, sévère, presque aride, cadre bien avec sa personnalité. Il a derrière lui une longue expérience de procès en cour d'assises. Pourtant, à la soixantaine avoisinante, il a peu envie de passer le flambeau du feu sacré. Même si l'affaire de la Côte Sauvage pouvait lui permettre de terminer sa carrière en apothéose.

Michel Constant apparaît pâle, les traits tirés, les yeux enfoncés dans leur orbite. On cherche en vain le jeune homme fringant qui rayonnait quand sa femme vivait encore. Les stigmates de l'incarcération laissent des traces qui semblent indélébiles.

La palais de justice de Vannes est plein à craquer. Les médias régionaux et nationaux se sont déplacés avec des moyens importants. Les épris de faits divers, ainsi que ceux qui « font » toutes les manifestations publiques, s'intéressent à ce procès dont on augure mal du dénouement. Certains prennent fait et cause pour l'accusé qui plaide non coupable, tandis que d'autres ne lui trouvent aucune circonstance atténuante.

Le juge Mary est entouré de deux assesseurs qui sont des assesseuses. L'audience s'ouvre avec l'accusé qui comparaît devant la cour, sans liens, accompagné des gardiens. L'ambiance feutrée et pompeuse ne diffère pas de celle des autres tribunaux.

Après avoir demandé à Michel Constant de se lever, on lui lit la signification de l'arrêt de renvoi de la chambre de mise en accusation. Il est accusé du meurtre de son épouse Laure Cachin dite Weibmaster...

Suivent ensuite les présentations : du procès, les parties en présence, différentes formules rituelles et administratives, des extraits du Code civil et pénal ; de la cour ; les réquisitoires ; enfin celle du jury composé de 9 jurés tirés au sort avant l'ouverture des débats. De celui-ci ont été récusés 2 personnes pour l'accusé et 1 pour le ministère public.

Le juge ouvre l'audience et arrive à l'interrogatoire proprement dit. Il est déjà quinze heures.

— Vous êtes issu d'un milieu ouvrier, avez toujours été très moyen en classe, mais très en verve avec vos petits et surtout petites camarades. On peut dire de vous que vous étiez un meneur, même un intrigant qui cherchait à briller pour compenser la modestie de votre famille. Vous avez notamment exercé vos dons (il compulse et lit ses notes, rajustant ses lunettes à épais foyer sur son nez aquilin) en montant des spectacles de théâtre. On parle d'ailleurs de vous comme d'un excellent comédien...

Il porte sur les deux femmes qui l'entourent et le public un regard hautain.

— Êtes-vous encore un excellent comédien, monsieur Constant, ou est-ce que cela vous a passé, à l'image de vos talents picturaux ?

Michel Constant ne répond pas, flairant le piège. Mary poursuit :

— On vous retrouve ensuite à l'adolescence à la tête d'un réseau clandestin d'anarchistes, de drogués, d'intégristes et de marginaux de tout poil. D'ailleurs avec quelques-unes de ces personnes... douteuses, vous faites une virée dans le Morbihan à bord d'une 2 CV verte. Déjà ! Dieu sait quelle motivation vous poussait alors ! Je suppose que ce n'était pas la beauté des paysages !

— Nous étions une bande de copains qui passions le temps en jouant de la musique, fumant quelques joints pour faire comme les autres. Nous avions été invités par des amis qui habitaient la région.

— Ils vous offraient le *shit* et le couvert, si j'ose dire !

Mary « juge » de son effet à l'aune des rires fusant dans la salle d'audience. Il poursuit :

— On peut penser que vous étiez en repérage. Convenez que vos fréquentations étaient pour le moins... bizarres et les lieux... interlopes ! À votre décharge, jamais aucune plainte ne fut portée contre vous. Vous étiez également et déjà très friand de femmes. Vous en consommiez une quantité phénoménale dont l'éclectisme ne lasse pas de surprendre... (Il fait passer une longue liste au greffier.) Cela devait vous coûter très cher, monsieur Constant, et ce n'était pas votre famille qui pouvait vous aider. On peut en ce cas vous appeler un gigolo !

— Il est vrai qu'à cette époque je vivais d'expédients et...

— Vous vous laissiez entretenir sans aucun complexe !

Le visage de Michel Constant s'anime d'une moue presque enfantine, comme s'il venait de se faire gronder et qu'il convenait du bien-fondé de la réprimande.

— Je vous jure que je n'ai volé ni obligé personne.

— En fait, vous satisfaisiez les désirs physiques de jeunes filles en fleur et receviez en contrepartie les fruits de leur reconnaissance. Ce que vous avez continué à faire après votre mariage.

Des sourires parcourent l'assistance.

Mary se montre très satisfait de ses sorties.

— Je me débrouillais, monsieur le juge, comme j'ai dû constamment le faire. Jusqu'à ma rencontre avec Laure.

— Vous auriez pu aussi travailler. Certains le font, monsieur Constant... Creusons un peu votre propension à « draguer » les femmes. Vous avez eu tout au long de votre jeune vie de nombreuses maîtresses. Expliquez-nous dans ce contexte votre rencontre avec Laure Cachin qui, entre nous soit dit, a préféré ne pas porter votre nom.

— Elle avait une Ford Mustang...

— Soit ! C'est d'ailleurs avec cette espèce de bolide rouge que vous avez visité tous les deux notre belle région, début juin.

— C'en était une autre, monsieur le juge... celle-là était noire.

Le public devient hilare.

— Elle était en panne au bord de la route...

— Ça tombe aussi en panne, ces voitures-là ?

— Laure faisait du stop auprès de son moteur fumant. J'étais avec un copain dans sa voiture. Nous nous sommes arrêtés. Elle est montée à l'arrière. Je ne pouvais m'empêcher de la regarder dans le rétroviseur. J'étais subjugué par sa beauté. Le coup de foudre !

— Vous insinuez qu'en une fraction de seconde elle effaçait toutes celles d'avant. Vous avez succombé à son charme ou à ceux de sa belle auto ?

— Les atouts de Laure n'étaient pas matériels... Nous nous sommes revus souvent, et rapidement nous sommes devenus inséparables.

— Vous avez donc dès ce moment arrêter de fréquenter d'autres femmes ?

— Non !

Murmure dans l'assistance.

— La conquête des jolies femmes a toujours été pour moi un défi. Ma séduction que seule je pouvais mettre en avant me permettait d'exister.

— Vous tombez follement amoureux de Laure Cachin, mais vous voyez d'autres femmes en même temps. À trop aimer partout, on finit par n'aimer nulle part, ne le pensez-vous pas ?

L'avocat général intervient alors. Robert Rougon est un homme de cinquante ans passés, tiré à quatre épingles.

— Et l'on voit déjà, monsieur le président, que cet homme qui avoue aimer les femmes continuera hors mariage d'entretenir des maîtresses.

Le juge Mary reprend la parole :

— Pour l'instant l'accusé fait une rencontre. On se dit qu'il va enfin se poser et se... reposer auprès de cette femme riche et célèbre.

Aucun témoin n'interviendra lors de cette première journée du procès. Le président du tribunal conclura, à l'attention des membres du jury, par la citation d'un film : *L'homme qui aimait les femmes*. Mouna Hézel reprendra à son compte cette formule du juge Mary autour de laquelle tournera son premier article. Elle l'illustrera avec une comparaison entre l'atmosphère du procès et le ciel bas et lourd en préparation d'orage, qui conclut la journée de façon pour le moins maussade.

Eugène Pinson retourne sur les lieux du fait divers

Il a rongé son frein toute la journée, confiné dans un couloir austère à attendre vainement qu'on le convoque à la barre. Les membres de la gendarmerie présents ont empêché toute communication entre les différents témoins.

À la sortie du tribunal, il décide Émilie à l'accompagner sur la Côte Sauvage. Il souhaite retrouver les lieux du drame qu'il a revu maintes et maintes fois en songe. Bien que le temps soit lourd et orageux, il y a des luminosités particulières, propices à une belle balade. Le ciel dessine des paysages. Il laisse le soin de piloter à son amie. Émilie accepte, sentant bien que le procès le met d'humeur chagrine et taciturne. Elle n'a pas envie de le contrarier. « Quand il est comme ça, un rien peut l'énerver. » Elle ne veut pas ajouter à l'électricité qui flotte dans l'air.

Prendre le volant représente pourtant pour elle un gros effort, car, depuis la mort de son mari dans cet affreux accident de la circulation, elle y répugne. Elle a échappé à la mort par miracle et a revu mille fois le gros camion arriver sur leur véhicule et les emboutir.

À côté d'elle, Eugène ne pipe pas mot. Elle a toujours pensé qu'il avait un lourd secret à porter, mais elle ne l'obligerait en aucune façon à le lui faire partager. Forcer les autres n'est pas dans sa nature.

Il se déride un peu quand ils parviennent à Portivy.

— C'est par là ! clame-t-il bientôt, animé d'une excitation soudaine qui détonne avec l'apathie des premiers kilomètres.

Après de nombreux tâtonnements, il réussit à trouver l'endroit. Il lui demande de stopper l'auto. Émilie a une robe courte à bretelles, de couleur mauve, qui découvre largement ses cuisses galbées.

Ils arrivent près du parapet. Eugène Pinson revoit la jeune femme qui s'y est posée. Il ordonne à Émilie de s'asseoir dans la même position. Sa robe se relève quelque peu. Les yeux de l'homme expriment un sauvage désir de possession. Il voudrait la prendre là, lui écarter les jambes en imaginant sans doute que ce sont celles de Laure Weibmaster.

Une étrange lueur s'est emparée de son regard. Émilie ne l'a jamais vu dans cet état. La nuit qui commence à tomber, la rumeur de l'eau en bas, enflée par l'écho, ajoutent à son angoisse.

Eugène la fixe toujours intensément. Il s'approche les mains tendues. À la toucher. Émilie se dit qu'il va la pousser. Elle va basculer dans le vide comme il lui a cent fois raconté. Pourtant elle garde confiance.

Ses mains touchent son corps. Garder confiance. Malgré tout. Elle ne peut tenter aucun mouvement sans risquer de tomber à la renverse. Il est comme s'il était autre.

Elle crie :

— Eugène !

Celui-ci se réveille. Pose délicatement les mains autour de son cou et la fait descendre avec délicatesse du parapet.

— Tu allais... Avais-tu l'intention de me tuer ?

— Je ne sais pas. Je n'ai pas envie de te perdre...

— Tu m'es apparu comme le gros camion. Tu m'as fait une de ces frousses !

Il l'embrasse à pleine bouche, la bâillonnant d'excuses.

Puis ils montent péniblement vers l'endroit où il se tenait, muni de ses jumelles. Il fait presque nuit maintenant. Mais Émilie n'a plus peur. Elle voit des infinis au-delà de l'Océan.

Il l'allonge sur le sol. Elle se laisse faire. Elle sait qu'il a besoin. Il lui baisse le slip jusqu'aux chevilles. Elle est chaude. Elle est bonne. Il bande. Il bande depuis les premiers instants près du parapet. Il la pénètre en silence. Émilie lui laisse toutes les initiatives. Elle sait qu'il a besoin. Elle devient feuille morte.

Il s'acharne. Il a trop envie de jouir. Il est pressé. Mais il y a trop d'incertitudes en suspens. Alors il n'arrive à rien. Émilie veut l'aider. Elle se cambre, remue le bassin.

Eugène s'imagine chevauchant Laure Weibmaster. Elle est si belle. Elle est si jeune. La souplesse de son corps. La fluidité de ses hanches. La fermeté de ses seins. Les promesses de son sexe. Mais bien vite il la voit plonger dans le précipice. S'anéantir. Les images s'entrechoquent. Il lui faudrait des accessoires. Il se sent incapable. Coupable. Lâche aussi, peut-être.

— Excuse-moi, j'avais la tête ailleurs.

Émilie ne se formalise pas. Ils jouiront plus tard. Elle le rassure. Eugène Pinson l'écoute, mais l'entend-il ?

Deuxième jour du procès

Prune de La Mirandais apparaît toute petite derrière la barre. C'est une belle jeune fille aux yeux effrontés qui n'est pas du tout impressionnée par le clinquant du prétoire. Son teint biscotte est agrémenté de taches de rousseur qui accentuent son charme. Les yeux de l'assistance sont rivés sur elle.

— Vous avez vingt ans, êtes issue d'une bonne famille, expliquez-nous vos rapports avec l'accusé, commence le juge Mary

Michel Constant lui jette un regard de chien battu.

— Nous nous sommes rencontrés à une vente de charité organisée par mes parents. Michel était seul et donnait beaucoup d'argent. Pour venir en aide aux déshérités, il achetait certains objets bien au-dessus de leur valeur.

Il se rappelle avoir acquis une vingtaine d'objets sans se rappeler exactement lesquels, à part un éléphant d'ébène d'une vingtaine de centimètres qu'il a installé dans son atelier. Scellant à tout jamais sa rencontre avec Prune.

Le juge Mary s'offusque que la défense saisisse ce prétexte pour présenter l'accusé sous les traits d'un philanthrope, « c'est facile avec l'argent des autres ! ».

— Il vous fait donc des avances.

— Oh non, monsieur le président, sourit candidement la jeune femme, c'est moi qui me suis jetée à son cou ! Michel a tellement de charme !

— Votre famille a du mal à retrouver le lustre passé, si j'en crois l'instruction. Ne cherchiez-vous pas à récupérer les fruits d'un riche mariage ?

— À mon âge on n'est pas encore tombé sous la fascination du gros-vilain dieu Argent.

Robert Rougon, l'avocat général, intervient alors. Il voit dans cette jeune maîtresse l'occasion d'enfoncer profondément son clou.

— Vous admettez avoir eu avec l'accusé des... relations intimes.

— Ce n'est pas de ma faute si j'aime faire l'amour avec lui ! Nous ne faisions de mal à personne !

— Sauf à sa femme. Le fait qu'il soit marié ne vous dérangeait pas ?

— J'ai tout de suite su la nature de notre relation, Michel a toujours été clair là-dessus. Je n'étais pour lui qu'une copine de plaisirs charnels et cela suffisait à mon bonheur, au sien aussi. J'ai accepté cette liaison éphémère en toute connaissance de cause. Ce n'est pas le grand-méchant-loup qui voulait manger toute crue le Petit Chaperon Rouge.

L'avocat de Michel Constant demande à interroger le témoin. Karl Alden, l'homme d'affaires de Laure, a accepté de défendre son mari après quelques réticences compréhensibles. Il l'a prévenu qu'il n'était pas forcément le mieux placé en la matière.

— Mon client a donc toujours été franc avec vous : il ne quitterait jamais sa femme !

— Pas pour moi en tout cas !

L'avocat général :

— Vous laissez entendre que, pour une autre, peut-être... Nous le notons.

— Michel Constant, avez-vous eu envie à un moment ou à un autre de quitter votre femme ? demande le juge Mary.

L'accusé répond vivement que cela n'est jamais entré dans ses intentions.

— Votre... amant a-t-il jamais manifesté de la violence à votre encontre ? questionne l'avocat.

— Objection, monsieur le président. Cette question n'a aucun rapport avec l'affaire qui nous occupe, s'insurge l'avocat général :

Le juge Mary balaie l'objection.

— Michel (elle le regarde tendrement) est un grand sentimental. Il ne sait donner que de l'amour et de la tendresse. Il est d'une délicatesse extrême. D'une douceur particulière, si vous voyez ce que je veux dire... Il est incapable d'avoir tué sa femme.

— Ce n'est pas à vous d'en juger. Bornez-vous à répondre aux questions ! intervient le juge Mary.

— Laure Cachin était-elle au courant de votre liaison ? demande Robert Rougon

— Pas que je sache.

Robert Rougon sort alors de son dossier le témoignage écrit d'Hippolyte Fabre. Celui-ci s'est déclaré tardivement auprès des services de police, car il ne connaît que depuis peu l'implication de Prune de la Mirandais dans l'affaire de la Côte Sauvage. C'est en voyant sa photo s'étaler dans les journaux qu'il a fait le rapprochement.

« Le 31 mai, alors que je sillonnais la région pour mon travail – je suis représentant de commerce –, j'ai aperçu l'accusé, que je sais maintenant être Michel Constant, en compagnie d'une jeune femme. À ce moment, je pensais que c'était la sienne. Ils se tenaient tout proches l'un de l'autre, à l'écart de la route. Quand j'ai stoppé mon véhicule, la jeune femme tendait quelque chose à Michel Constant. Dès qu'ils m'ont vu, ils ont emprunté un sentier. »

Karl Alden veut réfuter ce témoignage, sous prétexte qu'il n'a pu en prendre connaissance avant le procès. Le juge Mary lui indique qu'il pourra faire venir le témoin à la barre si les faits n'apparaissent pas suffisamment éclaircis. Il se tourne alors vers Prune de La Mirandais et lui demande :

— Avez-vous effectivement rencontré votre amant le 31 mai, la veille du drame ?

Celle-ci ne s'attendait visiblement pas à cette question, elle hésite un instant, puis bredouille :

— Euh... oui... c'est exact...

— Que lui avez-vous remis ?

— Je ne m'en souviens plus, quelque chose sans importance.

Le juge Mary demande alors des explications à Michel Constant :

— Je n'ai pas parlé de cette rencontre à mon avocat, je savais que cela se serait retourné contre moi. Elle m'a donné de l'argent. Elle a trop de pudeur pour l'avouer. J'en avais marre de dépendre de Laure.

Prune de La Mirandais approuve en précisant que, pour elle, c'était tellement sans importance que ça lui était sorti de la tête. Elle expliquera que, désemparée par son absence de plusieurs jours, elle avait voulu revoir son amant et elle n'avait pas hésité à faire le long aller-retour pour passer quelques moments avec lui.

Il est évident que cet épisode imprévu plonge le tribunal dans un profond malaise. Des gens ont bien attesté que Prune était à Paris le premier juin, mais sa présence dans le Morbihan la veille ne constitue pas pour Michel Constant un élément positif.

On passe alors au problème épineux de la pension alimentaire. Michel Constant doit reconnaître qu'il avait un impérieux besoin d'argent pour en donner à Jeanine Carnot, la mère de Jérôme. On trouve assez légère la façon de larguer son fils dans la nature. Pendant cette passe d'armes, l'accusé est très mal à l'aise, il bafouille, se contredit. Sa défense piétine. Selon lui, il aurait aimé que les choses tournent différemment, pouvoir en parler à sa femme. Mais il se montre peu convaincant.

Au terme de cette deuxième journée, il apparaît que l'accusé menait une vie dissolue, qu'il faisait peu de cas de sa femme et qu'il aurait très bien pu la tuer, supprimant ainsi l'obstacle à ses frasques et faisant main basse sur une fortune qui lui aurait permis de vivre confortablement de ses rentes jusqu'à la fin de ses jours.

Le jour du drame

Robert Rougon, l'avocat général, intervient le premier. Il s'adresse à Michel Constant :

— Vous avez affirmé que votre femme aurait pu avoir le vertige et cependant vous lui demandez de s'asseoir sur le parapet. Ne trouvez-vous pas qu'il s'agit là d'un paradoxe ?

— Je ne sais plus si c'est moi ou elle qui tenait à cette position, c'était surtout pour réussir de très belles photographies. Bien qu'elle fût dos au vide, nous n'avons pas mesuré suffisamment les risques, j'en conviens.

— Passons sur le fait que vous auriez pu vous contenter de prendre des clichés du paysage... La non-prise en compte des risques encourus par votre femme peut nous amener à penser que votre crime était prémédité et que, en conséquence, on peut le qualifier d'assassinat. Vous avez pu l'attirer dans un piège !

L'avocat se lève et interpelle le juge Mary :

— L'avocat général sous-entend un jugement qui n'a pas encore été rendu. Il n'a pas été établi qu'il y a eu meurtre, je demande que l'on emploie donc le substantif « accident ».

Le juge trouve que l'on n'avance pas assez vite à son gré et que l'on peut envisager des hypothèses de travail. En conséquence il donne l'ordre à Michel Constant de répondre.

— Rien n'était prémédité. Je ne lui ai pas tendu de piège. Je n'avais aucune envie qu'elle meure. J'en suis trop malheureux. Je suis innocent ! Tout s'est enchaîné en un mauvais concours de circonstances. Je donnerais ma vie pour revenir au matin du drame et qu'il soit évité.

Le président du tribunal lui répond sèchement qu'ils n'ont pas à traiter de vœux pieux.

Karl Alden reprend l'interrogatoire :

— À un moment, Laure aperçoit une vipère...

— Nous n'avons trouvé aucune trace de cette vipère, l'utiliser me semble pour le moins aléatoire, réplique l'avocat général.

Le juge Mary lui demande perfidement de laisser la défense utiliser tous les éléments qu'elle juge utile, même les plus incongrus. L'avocat poursuit :

— Elle vous demande d'intervenir. Vous vous approchez d'elle et essayez de faire fuir l'animal. C'est à ce moment que Laure Weibmaster a un mouvement brusque qui la fait basculer dans le vide. Maintenez-vous cette version des faits ?

Michel Constant acquiesce de la tête.

Le juge Mary intervient de nouveau :

— Votre témoignage est contredit par celui d'Eugène Pinson, le témoin oculaire.

Et voilà Eugène de nouveau propulsé sur le devant de la scène. On avait semblé oublier l'homme engoncé dans son costume sombre. Émilie l'a aidé à choisir sa cravate. Un plafonnier à lumière crue se reflète sur son crâne chauve. Il lisse ses moustaches sans satisfaction. Il a toujours évité de se regarder dans un miroir, car il trouve son physique trop déplaisant. « On ne devrait se regarder que dans les yeux de ceux qui nous aiment », a-t-il dit, laconique, à « sa » veuve.

Quand on prononce son nom, la petite boule à l'estomac se rappelle à ses souvenirs. Il se lève, empli, missionné. Il déplace des masses d'importance. Son entrée en scène s'effectue comme celle d'un personnage de la meilleure pièce qu'on ait jamais écrite. Car il ne s'agit plus d'un ring ou d'une arène, mais d'un théâtre. Il sait son texte par cœur. C'est lui qui l'a écrit. Il n'a pas à vaincre ni à convaincre. Tout a déjà été dit.

Il n'a pas l'ombre d'un regard pour l'autre personnage qu'on remarque abattu entre deux gendarmes. Celui-ci ne fait que de la figuration.

Il jure de dire la vérité, toute la vérité, il lève la main droite. Le juge Mary laisse Karl Alden commencer à interroger le témoin à charge. Il se lève et tourne autour comme un animal chasseur.

— Monsieur Pinson, nous ne doutons pas de votre bonne foi, mais vous étiez à lointaine distance de la scène ; vous regardiez à travers des jumelles ; de surcroît il y avait du vent qui vous la cachait en partie. Cela constitue beaucoup d'éléments qui auraient pu modifier votre vision des choses.

— Je ne peux pas me tromper. S'il existait le moindre doute dans mon esprit, croyez bien que je l'aurais exprimé depuis longtemps. Je ne connaissais l'accusé ni de près ni de loin, jusqu'à cette rencontre du 1er juin de l'année dernière.

— Expliquez ce que vous avez vu.

— Cet homme (il désigne Michel Constant) mitraillait une jeune femme avec son appareil photo.

— Monsieur Pinson, la police a procédé au développement des clichés, il y en a 8 en tout et pour tout. Peut-on en ce cas parler de mitraillage ?

Eugène est décontenancé un instant. Il reprend vite ses esprits :

— D'où je me trouvais, je n'ai pu voir exactement combien de fois il a appuyé sur la détente.

— Je note que vous en parlez comme d'une arme... Vous ne percevez pas exactement ce détail, mais vous voyez précisément que l'accusé se dirige vers sa femme et la pousse volontairement dans le ravin.

Il y a bien sûr objection de l'avocat général qui parle de différence entre la taille d'un appareil photo et celle d'un homme de corpulence moyenne. Le juge Mary accepte l'objection. Eugène poursuit :

— Il prend donc des clichés et je le vois s'approcher de la jeune femme...

— À quelle distance ?

— Quelques mètres.

— Soyez plus précis !

— Deux mètres.

— Vous avez un compas dans l'œil, ma parole ! Ignorez-vous le tassement de l'illusion d'optique ?

— Je suppose.

— Reprenons : à travers vos jumelles, à une centaine de mètres de distance, vous voyez un homme qui photographie une femme. Scène banale entre toutes. N'importe qui à votre place eût détourné les jumelles... Vous voyez ensuite cet homme approcher à une distance que vous ne pouvez mesurer avec certitude. Que se passe-t-il ensuite ? reprend l'avocat.

— Il s'approche de plus en plus, jusqu'à la toucher.

— N'oubliez pas l'effet d'optique, monsieur Pinson, je vous ai démontré que, d'où vous étiez, il était difficile d'apprécier la réalité. Les experts l'ont mentionné dans le rapport lors de la reconstitution. Vous ne pouvez donc objectivement prétendre qu'il la touche.

— Moi, je le vois la toucher.

— La toucher ? Voilà qui est différent de votre déposition. Le mot exact employé par vous est : « POUSSER »... je le vois la pousser...

Eugène Pinson serait-il en train de perdre pied, face aux coups de boutoir et questions perfides de l'avocat ? Va-t-il lui casser son excellent scénario ?

L'avocat général vient à la rescousse du témoin :

— Monsieur le président, veuillez considérer qu'il y a là harcèlement du témoin. On joue sur les mots, on le coupe constamment, on tente de le déstabiliser. La déposition a été claire et nette, il n'y a pas à revenir là-dessus !

Le juge Mary, bien que louant intérieurement le talent de l'avocat qui s'améliore de jour en jour, ne tient pas à ce que les débats s'éternisent. L'affaire est limpide. L'enquête de police, l'instruction, la reconstitution, la confrontation, tout concourt à accuser Michel Constant. C'est dans ces termes qu'il s'en est ouvert à ses deux assesseuses. Le témoin oculaire n'a pas varié d'un iota la description des faits. Il demande donc à Karl Alden de bien vouloir rester *soft* dans son questionnement.

Eugène confirmera que l'accusé a effectivement poussé son vis-à-vis dans le vide de la mort et que seule l'ancienneté de l'événement fait qu'il puisse éprouver des difficultés à en relater certains détails.

Le juge Mary clôt les débats de la journée. Eugène récupère. L'avocat, en l'acculant dans ses retranchements, n'a pas complètement entamé sa détermination. Mais il s'aperçoit combien il est difficile de maintenir la même description d'une fable, face à un professionnel habitué à manipuler les témoins et à les faire aller dans la direction souhaitée.

Émilie reçoit le secret

Après cette journée importante, Émilie et Eugène se retrouvent dans leur chambre. L'hôtel est un ancien manoir du XVIIe. Les propriétaires ont choisi la décoration sur le thème de la Compagnie des Indes. Le mobilier se compose d'un lit noir à deux places en bois exotique recouvert d'une couette blanche, accompagné d'un bureau et de chaises d'époque.

Eugène se tait. Émilie le laisse dans un premier temps seul avec ses pensées. Puis elle lui propose un massage de décontraction. Il est tendu comme un ressort de catapulte. Il est assis au bord du lit, tout habillé et Émilie l'attaque à la nuque. « Tu as des nœuds partout, je vais te faire disparaître ça rapidement ! » Eugène, agacé au début, se laisse peu à peu envahir par le bien-être. De petites étoiles sensitives apparaissent sous les doigts féminins, remontent par la colonne vertébrale et lui titillent les neurones.

— Tu peux me parler, si tu veux, je peux tout entendre. Je ne te jugerai pas.

Eugène Pinson, ce soir, a envie de redevenir tout petit bout à l'aube de sa vie. Accroché à un rocher dans l'antre liquide. Il ne sait pas encore s'il va oser sortir dans le monde. Il le pressent déjà si difficile ! En neuf mois, on perçoit des choses. Il y aura mille obstacles à surmonter, et il ne sait pas s'il aura la force.

Alors il se laisse guider. Il se laisse aller devant cette femme qu'il préfère à sa mère. Car sa mère, la vraie, elle ne l'a jamais écouté vraiment. Ou plutôt il n'a jamais pu lui dire les mots importants. Ceux qui libèrent quand ils se roulent en boule dans un coin du corps. Elle n'était pas assez attentive à lui.

— Émilie, je suis un salaud ! Une espèce d'ordure à faire le mal. Je ne mérite pas d'exister.

— Tu le mérites au moins pour moi. Il n'y a pas de vilain petit canard.

— Ce jour-là...

Il cherche ses mots comme s'ils lui faisaient peur...

— Ce jour-là, je ne sais pas ce qui m'a pris... Il y avait un beau jeune homme radieux face à une belle jeune femme radieuse. Une fulgurance : j'ai été jaloux de ce bonheur apparu à portée de jumelles. Il existait comme une sorte d'insolence. Tu comprends ?

— Je comprends...

— En quelque sorte ils me narguaient. Ils possédaient tout. Je n'avais rien. C'était trop d'injustice. Moi, même mon père m'avait abandonné. Tu comprends ?

— Je comprends...

Elle continue le massage. Eugène se détend.

— J'avais des tonnes d'incertitudes dans la tête, d'angoisses, de jours inachevés. Et eux, là, à une centaine de mètres, qui pataugeaient dans des flaques de bonheur. Et plus je regardais dans les jumelles et plus leur effronterie me vrillait le cœur. Si j'avais eu une arme, je crois que j'aurais tiré. Alors une colère froide s'empara de moi. Je les avais là, à portée de jumelles...

— À portée de fusil.

— Je ne pouvais rien faire d'autre que compter les points. Mais le destin vint à mon secours : la jeune femme mourut accidentellement. J'allais m'occuper du jeune homme. Je devais l'achever. Il l'avait poussée. C'est ça, il l'avait poussée dans la mort. Volontairement. Et moi seul le savais. Je tenais son sort entre mes mains. Je devenais le grand marionnettiste. Il allait payer pour les autres. Pour un crime qu'il n'avait pas commis.

— Je comprends.

— Tu le peux, tu ne m'as jamais lâché la main.

Il la regarde avec une lueur étrange.

— Que vas-tu faire maintenant ?

— Je ne puis revenir en arrière, sinon

c'est moi qui meurs. Il n'est pas encore l'heure.

— Je respecte ta décision par avance, elle sera la bonne.

Elle sait qu'il est encore trop tôt pour les choses d'Eugène. Qu'il faut d'autre temps pour que tout s'accomplisse. Elle prend avec elle et en elle son lourd secret, le range dans un pli de son cœur et met une confiance aveugle dans cet homme dont la bonne fortune lui a fait croiser le chemin.

Le procès vu par Mouna Hézel

La journaliste essaie de rester le plus objective possible. Même si ce n'est pas facile. D'un côté il y a ce Michel Constant qu'on voudrait prendre en pitié ; en effet, n'a-t-il pas tout contre lui ? De l'autre, tous ces témoignages accablants qui culminent avec celui d'Eugène Pinson. Eugène, elle le connaît un peu maintenant. Mais elle a du mal à le cerner complètement. Il est tellement sûr de lui dans ce qu'il raconte et tellement peu autrement. Pourtant elle a été troublée par les attaques de l'avocat qui l'ont quelque peu désarçonné. Et s'il ne disait pas la vérité ? Si, pour une raison obscure, il avait intérêt à nuire à l'accusé ?

Voyons les témoins à charge. Les parents de Laure Weibmaster. Jusqu'où va leur fiabilité ? Ils ne nourrissent envers leur gendre que peu d'estime. Ils ne voient en lui qu'un coureur de dot qui a jeté son dévolu sur l'argent de leur fille et le leur en même temps. Il n'aimait pas sincèrement leur fille, sa liaison avec Prune de La Mirandais en constitue la preuve.

Jeanine Carnot et son fils. Tous les deux ont paru perdus, d'une réserve déconcertante. On avait presque envie de les prendre sous son aile. Ce n'est pas bon, ça ! Les jurés condamneront vraisemblablement l'abandon. D'autant qu'il reconnaît l'outrage en versant une pension alimentaire. N'aurait-il pas dû s'en ouvrir à sa femme qui payait les frais secrètement ?

Sa femme qui, selon les dires de l'employée de maison, avait avec Michel de nombreuses engueulades. Peut-on parler de querelles d'amoureux ?

Les témoins à décharge sont peu nombreux. Il y a bien le jardinier qui semble vouer à son « maître » une admiration immodérée. L'avocat général a facilement démontré que le patron le couvrait de ses largesses, ce qui peut provoquer en retour des propos bienveillants. Il y a bien ce Bruce Delaunay, un ami de longue date, mais à qui on porte peu de crédit, dans la mesure où c'était un des premiers compagnons de débauche de l'accusé.

Sa maîtresse ne lui sera pas non plus d'un grand secours, puisqu'il apparaît que leur union revêtait surtout un tour sexuel, que les jurés n'apprécieront pas outre mesure. Leur rencontre la veille du drame a jeté un grand froid dont Michel Constant peut avoir du mal à se remettre.

Ni Sylvie Arnaise, une autre ancienne maîtresse, qui est apparue légèrement vêtue, usant d'un langage peu châtié. On peut penser qu'elle est encore amoureuse de lui, tellement elle lui a coulé des regards attendris. On devine que ce n'est pas par strict amour de l'art qu'elle condescend à exposer les œuvres de l'« artiste ».

Alors...

Alors, tout ça pourrait s'équilibrer avec un jury favorable, tourner en faveur d'un homme qui n'apparaît pas si mauvais. Mais il y a ce témoin-épée redoutable qui affirme mordicus que l'accusé a bel et bien exécuté son épouse. Un témoin jugé par tout le monde comme étant digne de foi. Que les jurés, des femmes et des hommes issus du peuple souverain, inclineront à croire sur parole.

La cour pourrait faire pencher la balance en faveur de Michel Constant ; mais on voit bien dans les propos, les attitudes, les sous-entendus, qu'elle méprise ce genre de parvenu. Une femme lui a tout donné, non pas sur des mérites, mais par une propension qu'elle avait à faire le bien et se dédouaner ainsi de trop de chance que lui avait généreusement conférée sa seule naissance.

Poursuite de l'audience

Le commissaire Dalban et le juge d'instruction ont été sollicités par un Belge, Antoine Poursaint. Cet homme a indiqué qu'il avait passé avec sa femme des vacances en Bretagne. Ils étaient retournés en Belgique et n'avaient été mis au courant que depuis peu par un article de presse, du procès qui allait avoir lieu et dans lequel, bien malgré eux, ils étaient impliqués.

En ce 1er juin, ils se trouvaient sur la Côte Sauvage où ils ont d'ailleurs passé de merveilleuses vacances. Malheureusement, on a découvert chez Mme Poursaint un cancer du sein et celle-ci, hospitalisée, ne pourra se rendre à Vannes. La police belge a recueilli son témoignage.

Antoine Poursaint explique :

— C'était peu après une courbe, je ne roulais donc pas très vite. Nous avons aperçu un couple sur une aire d'arrêt. Mon regard a été attiré par la beauté de la jeune femme. Son compagnon la photographiait.

Le juge Mary :

— Vous rouliez toujours, ou vous êtes-vous arrêté ?

— Je n'ai pas voulu interrompre leur visible intimité, et puis il y avait peu de place pour garer la voiture.

— Vous dites que vous avez vu les traits de la victime, avait-elle une expression particulière sur le visage ?

— Autant que je m'en souvienne, peu avant de perdre sa vision dans mon rétroviseur, elle semblait inquiète. Peut-être une sorte d'étonnement.

— Pensez-vous qu'elle pouvait avoir peur de l'homme qui lui faisait face ?

— Elle pouvait avoir peur, c'est tout ce que je puis dire.

— L'avez-vous vue regarder à terre, ou fixait-elle l'objectif ?

— Pour ça je ne puis rien affirmer.

L'avocat demande la parole :

— Aurait-elle pu apercevoir quelque chose sur le sol ?

— Ce n'est pas impossible.

— Michel Constant nous affirme qu'elle a vu un animal rampant. Qu'en pensez-vous ?

— Ce n'est pas impossible.

— Si peur il y avait, et vous n'en êtes pas sûr, vous ne pouvez en indiquer l'origine.

— Je ne le puis.

— Reconnaissez-vous l'accusé ?

— Non, il était de dos.

— L'avez-vous vu avoir des gestes équivoques ?

— Il photographiait la jeune femme.

Karl Alden souhaite interroger de nouveau Eugène Pinson. Le juge Mary l'y autorise.

— Vous avez parlé dans votre déposition d'une voiture sombre, sans indiquer la couleur exacte. Vous avez parlé d'une wolskwagen, modèle Polo, alors qu'il s'agit d'une Fiat. Vous ignoriez le nombre de passagers du véhicule. Or, M. Poursaint nous a précisé qu'à la sortie d'une courbe son automobile ne roulait pas vite, puisqu'il a eu le temps de voir les traits de Laure Weibmaster. Tout cela pour vous dire, monsieur Pinson, que vous ne voyez que ce que vous voulez voir.

Le juge Mary, à la demande de l'avocat général, demande à Karl Alden de trouver une autre formulation. Il s'exécute :

— Vous êtes un peu le héros de ce procès, avec mon client ; c'est par vous que la vérité arrive, en quelque sorte, si ! si ! j'insiste. Or, à la distance à laquelle vous vous trouviez, il vous était difficile de bien observer. Vos hésitations concernant le véhicule des Poursaint en témoignent.

Eugène Pinson tente une explication :

— L'épisode de la voiture n'a duré que quelques instants, alors que la scène entière a duré plusieurs minutes. Toute la différence est là. J'ai largement eu le temps de cerner les attitudes du couple et leurs faits et gestes.

L'avocat :

— Pardonnez-moi d'en douter, monsieur Pinson. Vous n'avez jamais parlé d'une peur quelconque sur le visage de Laure Weibmaster, comme si vous vous étiez attardé sur la personne de Michel Constant et sur elle seule. Maintenez-vous qu'il ait poussé sa femme ?

— Je le maintiens.

Interviennent ensuite les professionnels chez qui le couple a mangé et bu avant d'arriver sur la Côte Sauvage. Le barman d'Étel, où ils ont pris le café, indique n'avoir rien remarqué de particulier, si ce n'est qu'ils semblaient ne pas avoir grand-chose à se dire.

La serveuse du restaurant où ils ont déjeuné précise qu'il « était aux petits soins avec elle » et qu'elle ne semblait pas dans les mêmes dispositions. Elle lui reprochait, apparemment, le nombre de kilomètres effectués dans la matinée. Ils paraissaient avoir un désaccord sur la destination du voyage. « Ce qui m'a étonnée, c'est qu'il n'a pas voulu retirer sa veste, alors qu'il faisait très chaud. » Les précisions de Michel Constant n'apporteront rien de plus.

Une certaine polémique se fit jour lorsque fut abordée la fameuse assurance-vie. L'assureur de Laure Weibmaster, sorte de dandy anglais, vêtu d'un costume croisé à carreaux verts du plus étonnant effet, donna les éléments suivants :

— Je ne sais pas si monsieur Constant était au courant que sa femme avait souscrit une assurance-vie dont il était le bénéficiaire en cas de décès du souscripteur. Voici les mots qu'elle a employés : « Merci de rester très discret par rapport à tout ça, je n'ai pas parlé à Michel du montant exact de la transaction. »

L'avocat général, s'appuyant sur le fait que l'accusé ne connaissait pas le : « montant exact », en a déduit qu'il savait qu'existait cette assurance-vie. En revanche, l'avocat, s'appuyant sur les mêmes termes, y vit la preuve que son client ignorait tout de l'arrangement qu'avaient conclu Laure Weibmaster et l'assureur. Michel Constant jura dur comme fer que seule la deuxième hypothèse était exacte.

On en restera là pour l'audition des témoins. Le juge Mary indique que le lendemain seront entendus le réquisitoire de l'avocat général et la plaidoirie de Karl Alden.

Extraits du réquisitoire de l'avocat général

Robert Rougon n'est pas homme à s'en laisser conter. Dès qu'il a une certitude, il n'en démord pour rien au monde. Habitué aux joutes oratoires, affronté aux meilleurs avocats de la défense, il saoule les jurés de mots et de formules qui, le plus souvent, jettent le trouble dans leur esprit. Il demande trente ans de réclusion criminelle à l'encontre de Michel Constant dont la culpabilité lui paraît plus qu'évidente.

« Qu'avons-nous, mesdames et messieurs les jurés ? Un homme qui a commis de façon préméditée l'assassinat de sa femme et qui pensait agir en toute impunité. Il ne savait pas que le guettait dans l'ombre le bras objectif de la justice des hommes. Le bras représenté par un témoin oculaire mis là ou par le hasard ou par un Dieu d'équité. Car, ne nous y trompons pas, l'accusé se croyait à l'abri, et son acte en devient plus condamnable encore.

En effet, mesdames et messieurs les jurés, Michel Constant a tué Laure Cachin. Essayons d'en revoir les causes.

Tout d'abord parce qu'il n'aimait pas sa femme. De nombreux témoignages, au cours de l'audience, sont venus le confirmer. Il a eu après son mariage au moins une liaison. Je passe sur les autres qu'on pourrait facilement imaginer. Un homme qui a une maîtresse ne peut pas aimer sa femme. Il n'est pas possible, selon la morale judéo-chrétienne, de tromper et d'aimer en même temps. Il va pousser le culot jusqu'à rencontrer la première, alors qu'il passe des vacances avec la seconde. Il faisait semblant de l'aimer dans le seul but de sauvegarder les avantages matériels que lui procurait le mariage. Mais, dans le fond, il conservait la personnalité perverse de croqueur de femmes qu'il a depuis l'adolescence. Les gens qu'il fréquentait à l'époque, et avec certains desquels il a gardé des contacts, n'étaient pas de meilleure compagnie. C'était copines et copains de débauche et d'anarchie. On aurait pu penser que, sous l'influence d'une épouse parfaite, il se serait acheté une bonne conduite. Il n'en a rien été. Il appartient malheureusement à cette espèce d'irrécupérable qui ne pourra jamais s'amender.

Ensuite parce qu'il a toujours eu un besoin effréné d'argent. D'argent des autres. L'entretien d'amours illicites coûte énormément. Il devait également verser une pension alimentaire pour élever son fils. Aurait-il payé s'il n'avait pas rencontré Laure Cachin ? Car n'oublions pas que ce fils, il l'a lâchement abandonné. Avons-nous affaire à un être irresponsable, à une personne immature qui ne mesure pas la portée de ses actes, ou à quelqu'un de réfléchi qui examine et résout les problèmes froidement ?

Voilà que lui apparaît la possibilité de récolter une manne, car il sait aussi être calculateur : les euros de l'assurance-vie. Entre Michel Constant et le pactole, il n'y a qu'un obstacle : sa femme. Qu'à cela ne tienne ! Il éliminera l'obstacle. Et cette élimination ne lui pose aucun problème : on a déjà prouvé qu'il n'a pas de morale. Cette morale qui tient en place notre société, qui soude les différents éléments, vaut pour les autres mais pas pour lui.

Alors, mesdames et messieurs les jurés, il va préméditer son crime. Il attire sa femme gênante dans un piège sans issue, dans un guet-apens dont elle ne se relèvera pas. Après l'avoir abondamment pressée, il va la jeter – fruit devenu inutile – pour pouvoir s'adonner sans réserve ni entrave à ses penchants naturels : la débauche et la luxure.

Bien sûr, elle, l'innocente, ne se méfie pas. Elle a toute confiance. Elle ne peut imaginer autant de perversité. Elle se laisse donc entraîner dans le Morbihan jusqu'au parapet tragique de la Côte Sauvage. Quel lieu magnifique pour perpétrer un assassinat ! Un endroit repéré à l'avance, où l'on peut – il suffit d'attendre son heure – se retrouver seul, à l'abri des regards indiscrets. Un lieu où tant ont déjà péri, un sanctuaire qu'il n'hésitera pas à profaner.

Imaginons un instant, pour prolonger sa mémoire, cette belle jeune femme comblée par la vie, qui sourit à pleines dents, en face de son bourreau. Il propose de la fixer sur des photos, nouveau prétexte fallacieux, qui vont se transformer en images de cauchemar. Il s'approche. Va-t-il l'embrasser ? Il la touche. Va-t-il la prendre dans ses bras ? Non ! mesdames et messieurs les jurés, il va la pousser ! Elle le sait désormais. Elle a compris. Mis au jour cette personnalité mauvaise. Elle a peur. Des automobilistes verront cette peur dessinée. Il la POUSSE. N'en doutons pas : quelqu'un a vu le geste fatidique. La victime ne pouvait se défendre.

Ce crime est révoltant autant dans sa froide conception que dans l'acte lui-même. Il mérite un châtiment exemplaire et ne doit provoquer aucune mansuétude. N'oubliez pas, mesdames et messieurs les jurés, que vous jugez suivant votre intime conviction. En l'occurrence, il s'agit de certitudes. Les faits parlent d'eux-mêmes. Vous avez des mobiles et l'arme du crime ! À moins de mettre en doute l'honnêteté avérée du témoin oculaire, vous ne pouvez faire autrement que de condamner cet assassinat.

Je vous demande donc de me suivre

dans ma requête et de prononcer une peine de trente années de réclusion criminelle. »

Il y aura également des passages sur les parents de Laure Weibmaster, des gens qui ne se remettront pas de la perte douloureuse de leur fille et qui avaient jugé depuis longtemps leur dépravé de gendre. Seront aussi mises en cause les « productions mineures » de quelqu'un qui veut jouer les artistes, s'exerçant par là à simuler et tromper les autres. Dans la même tirade seront abordés les talents d'acteur de l'accusé.

Pendant ces salves illustrées d'effets de manche, Michel Constant a montré une certaine impatience. Puis on l'a senti gronder intérieurement pour finir dans un abattement extrême.

Extraits de la plaidoirie

Karl Alden est d'origine suédo-autrichienne et ça s'entend. Malgré une pratique assidue de la langue française, il n'a pu se départir d'un accent guttural et âpre aux mots. C'est un homme qui a peu plaidé en cour d'assises ; mais, considérant qu'il devait à Laure Weibmaster de se surpasser, il s'est efforcé de se transcender en mémoire de son amie. Il a un regard enjôleur, un charme slave et un certain charisme. Il laisse à son auditoire une impression mêlée d'assurance et de candeur.

« *I have a dream.* J'ai fait un rêve... Pardonnez-moi, mesdames et messieurs les jurés de paraphraser un homme que j'admire beaucoup : Martin Luther King. Ce "roi" qui se battait avec une rare énergie pour une cause qu'on disait perdue d'avance : l'égalité fraternelle entre les humains de toutes races.

Dans ce rêve, j'entrevoyais une cause perdue d'avance : l'innocence de Michel Constant. Et cela me donnait une force incommensurable. Une force capable d'assagir les rugissements de la mer océane. De raser les roches battues par les flots. J'aurais voulu en effet abattre pour un temps les falaises si belles de la Côte Sauvage. J'aurais ainsi comblé les précipices. Et sans précipice, mesdames et messieurs les jurés, point de mort. Point d'accident. Mon amie, Laure Weibmaster, serait encore vivante et de ce monde qu'elle adorait. Elle et son mari l'aimant au-delà de toute raison auraient pu continuer leur belle histoire d'amour.

Car, ne vous y trompez pas, ne vous laissez pas abuser, nous avons sous les yeux une belle histoire d'amour. Si belle que d'aucuns la jalousent, la minimisent, ne peuvent y croire. Ces gens-là n'auraient-ils pas perdu le royaume de l'innocence et de la grande espérance qui flamboie dans les yeux d'enfants ? Elle l'aimait. Il l'aime toujours. Cet homme (il le montre du doigt) déborde d'amour. Elle lui témoignait le même attachement, la même inclination. Elle me l'a précisé et prouvé cent fois lors de nos rencontres. Il n'y avait pas de nuage. Il n'y avait pas d'équivoque. Et je trouve cela d'autant plus injuste que le hasard et la malchance réunis soient venus briser ce couple qui avait encore à porter tant de fruits.

Michel Constant n'est pas le froid assassin qu'on veut vous présenter. Oh bien sûr, il possède certains travers de l'espèce humaine. Il est loin d'être parfait. Qui oserait lui jeter la première pierre ? Il n'est pas irréprochable non plus : il s'en voudra à vie de n'avoir pu empêcher l'accident. Et cela le condamne pour le reste de ses jours.

Je maudis comme lui ce serpent qui a croisé leur chemin. N'a-t-il pas déjà causé des catastrophes au jardin d'Éden ? On a beaucoup glosé sur ce reptile dont on ne croit pas à l'existence, mais je vous le demande instamment, mesdames et messieurs les jurés, ne suivez pas ceux qui essayent de vous faire avaler des couleuvres ! On nous fait croire que cet animal n'existait pas, que c'est l'hydre de Lerne, qu'il est le fruit d'une imagination. Avouez qu'il en faudrait une complètement tordue et débridée pour l'inventer. Une vipère, cela ne s'invente pas ! Michel Constant aurait trouvé autre chose de plus... plausible.

Imaginons cette femme qui voit quelque chose bouger à ses pieds. Quelque chose dont elle a la phobie. Elle appelle son mari pour qu'il la sauve des “griffes” du danger. N'est-ce pas là une preuve de confiance et d'amour ? Michel se rend compte alors que sa femme court un risque énorme. Il aurait pu fuir, se réfugier dans l'indifférence. Eh bien non ! Une seule chose compte pour lui : la sauver ! Et il fera tout pour cela. Jusqu'à ce faux mouvement tragique.

Mais, me direz-vous, quelqu'un dans ses jumelles a vu toute la scène. Oui, cet homme a vu. Mais quoi au juste ? Qu'a-t-il cru voir ? Il a cru voir une Polo noire. Il a cru voir des gens à l'intérieur. Il a cru voir un crime ! Cela constitue beaucoup d'incertitudes et d'approximations. En réalité, ce qu'il a pris pour une poussée criminelle n'était qu'un geste d'amour. Il a gardé une première impression dans ses cellules visuelles. Et il ne pouvait revenir dessus sous peine de ridicule.

Ne jugez pas, mesdames et messieurs les jurés, un homme sur une impression. Il y a doute. Et le doute doit toujours bénéficier aux accusés. Si l'on doute, on juge non coupable ! Abandonnez le glaive pour la balance !

J'ai fait un rêve... Michel Constant était lavé des soupçons qui pèsent sur lui. Michel Constant était libre après les terribles épreuves. Hélas ! Non, il ne sera plus jamais libre. Il est condamné depuis que sa femme est morte. Depuis que sa raison de vivre a disparu. Je vous le dis haut et fort, je le clame dans ce tribunal et le clamerai hors les murs, cet homme perdu et désespéré (il le montre de nouveau) ne trouvera plus jamais ni la paix ni le repos. N'ajoutez pas l'opprobre à sa peine immense. Ses barreaux, il les porte définitivement dans son cœur. La scène épouvantable, il la reverra en boucle des milliers de fois. Et des milliers de fois, il essaiera de rattraper Laure. Et des milliers de fois, le sort cruel s'acharnera sur sa femme pour l'entraîner dans les abysses.

Martin Luther a été assassiné. Je vous en conjure, mesdames et messieurs les jurés, de toutes les forces de mes mots, de toutes mes convictions, n'assassinez pas une nouvelle fois Michel Constant ! »

Il y eut un silence de quelques minutes, l'assistance avait besoin de reprendre ses esprits. Karl Alden restait debout, face aux jurés. Comme s'il voulait les convaincre encore et encore dans une communion spirituelle.

Le juge Mary demanda à l'accusé s'il avait une déclaration à faire. Michel Constant fit non de la tête. Des larmes perlaient à ses joues. Puis le président clôtura les débats et le greffier lut au jury les questions résultant de l'accusation et auxquelles, avec la cour, il devrait répondre.

Le verdict

La cour et les jurés se retirèrent dans la salle des délibérations pour voter d'abord sur la culpabilité, ensuite sur la peine. Au début, le pour et le contre se partageaient presque à parité. Mais le juge Mary et les deux assesseuses s'employèrent à faire pencher le jury dans leur sens. Ils étaient convaincus que la pauvre Laure Weibmaster avait été l'innocente victime de la machiavélique machination préparée par Michel Constant. Les trois femmes inclinaient à penser de la même façon. Des six hommes restants, deux dès lors avaient bien envie de considérer l'accusé coupable, mais quatre d'entre eux doutaient encore. Le juge Mary souhaitait, si possible, un vote à l'unanimité.

Dans le clan du doute étaient représentés un professeur, un commercial et deux artisans du bâtiment. Le professeur avait noté consciencieusement sur un carnet le témoignage d'Eugène Pinson. Il y avait relevé des contradictions et des approximations. Le témoin manquait de clarté, même s'il apparaissait sûr de lui. « Vous avez vu comme l'avocat commençait à le déstabiliser. » Le juge Mary lui démontra par A plus B que le témoin n'avait aucun intérêt à mentir et qu'il n'avait absolument aucune raison de nuire à l'accusé. Il finit par emporter les dernières réticences du professeur.

Les deux artisans du bâtiment avaient peur de se tromper. Pour eux, le juge Mary insista sur la vie dissolue de Michel Constant, sur son train de vie de profiteur, « il déteste ses beaux-parents qui le lui rendent bien d'ailleurs, mais il n'hésite pas à utiliser leurs cadeaux : notamment les Ford Mustang. Cet homme, un parasite en quelque sorte, issu d'un milieu ouvrier, a toujours eu honte de ses origines. Au lieu de s'en tirer par le travail, il n'a cessé de profiter des autres. » Ils se rangèrent à son avis.

Le commercial était plus coriace. Jacques Trébert a été convaincu par les démonstrations de Karl Alden. On le prévint de se méfier des effets de manche. On lui glissa que l'avocat était un très proche de Laure Weibmaster, partant, de son mari. « Est-il capable de neutralité ?

— Tout de même ! qu'avait-il à inventer cette vipère ?

— Il pensait avoir commis le crime parfait. Celui-ci aurait été possible sans la présence d'un témoin oculaire. Il lui fallait trouver quelque chose, et rapidement. Comment Laure Weibmaster aurait-elle pu périr dans un accident ? Il pense immédiatement à la phobie des animaux rampants. Parfois, plus c'est gros, mieux ça marche. Personne n'osera imaginer que c'est pure invention. Voyez comme vous-mêmes êtes troublé. »

Jacques Trébert rechigna, renâcla. Sa femme l'avait quitté quelques années plus tôt pour un jeune individu qui pourrait ressembler à Michel Constant. Mais ce n'était pas une raison suffisante. « Je n'ai pas la preuve de sa culpabilité. Et puis il n'a jamais avoué. Et si le témoin se trompait, en toute bonne foi, mais s'il se trompait ? » On lui fit gentiment remarquer qu'il était désormais le seul de cet avis.

Tout de même, s'il était innocent ! « J'ai besoin de certitudes. » Le jeune homme a été d'une telle arrogance lorsqu'il les a surpris sous son toit. Elle avait vingt ans de plus que lui. Il lui faisait l'amour sur le canapé du salon. Jacques Trébert rentrait plus tôt que prévu d'une prospection. Devait-il les remercier d'avoir épargné son propre lit ? Le jeune s'est relevé, s'est rajusté et l'a insulté. Il avait pour lui trop d'arguments que Trébert n'avait plus. Il a voulu lui casser la gueule, mais l'autre était le plus fort. De quel droit pouvait-il briser son ménage ? Et sa femme, sa femme qui, après quinze ans de mariage, choisit ce gosse à peine pubère pour des parties prometteuses de jambes en l'air. Jacques Trébert ne s'en est jamais remis.

La cour revient. On demande à l'accusé de se lever. Michel Constant s'exécute tel un automate.

Le représentant des jurés lit le verdict rendu à l'unanimité. À toutes les questions la réponse est OUI. Il n'est retenu aucune circonstance atténuante. La peine est de : **trente ans de réclusion criminelle**...

Eugène Pinson et Émilie Bardet

Eugène et Émilie se font face. Eugène et Émilie se font front. Ils dînent à l'hôtel *Majestic*. Les repas et le service sont excellents. Du personnel stylé va et vient – insectes zélés – autour des tables richement décorées. Mais les plats qui sont servis ce soir aux deux amoureux ressemblent à de la soupe froide.

Non pas tant de la part d'Émilie qui s'abstient de juger une nouvelle fois, mais de celle d'Eugène à qui ses intestins jouent des tours pendables. La condamnation de Michel Constant dont il est en partie responsable le condamne à voir défiler son image obsédante dans sa conscience. Il revoit sans cesse cet homme blessé par l'implacable verdict, tandis que les parties civiles (les parents de Laure) se congratulent effrontément. Et Eugène surnageant au milieu de la tempête – comme sur le radeau de la *Méduse* –, allant droit au naufrage. Il se demande déjà si l'autre ne va pas être, en définitive, le véritable vainqueur.

Il demande à Émilie pour se torturer davantage :

— Que penses-tu de mon attitude ?

Il y a des milliers de kilomètres entre les deux approches. Émilie fait toujours confiance à cet homme qui lui apporte de la sérénité dans la deuxième partie de sa vie. Elle l'aimerait même s'il était un assassin. Eugène sait qu'elle taira son lourd secret, même sous la torture. Pas de cris, pas de plaintes, pas de lamentations. Elle hissera la lourde croix de bois jusqu'au haut du Mont, elle la portera jusqu'à la mort ; au-delà s'il le faut. Et cela rend la souffrance de son amant encore plus terrible.

— Eugène...

Elle parle tendrement en lui posant la main sur la main et se plante dans ses yeux toute droite...

— Tu as bien fait ce que tu avais à faire. Mais si tu as le moindre remords, le moindre reproche à te faire, alors va trouver la police. Explique tes doutes à Dalban, il comprendra.

— En quelque sorte tu me demandes de me rétracter.

— Je te demande de te mettre en accord avec toi-même.

— J'ai vu le contraire de ce que j'ai dit. Voilà la vérité.

— Chacun a sa propre vérité et elle n'est pas la même pour tout le monde.

Et puis, mon chéri, peut-être au bout du compte l'a-t-il poussée... Et toi, magnanime, effaré par sa lourde peine, tu te dis : C'est trop. Alors tu veux les faire à sa place, ces trente années de prison. Tu ne mérites pas cela.

— Tu crois que lui les mérite ? Ces trente ans de prison m'apparaissent démesurés.

— Ne prends pas de décision hâtive. Il doit y avoir un fond de vérité dans ton témoignage.

Eugène se dit qu'elle lui passe vraiment tout. Pour un peu il deviendrait la victime et Michel Constant le coupable. Elle a inversé les rôles. Eugène le libérerait par un nouveau témoignage. Il devient Eugène le Magnifique à ses yeux, pourfendeur des torts de l'humanité, héros luttant contre toutes les injustices.

Il aurait préféré qu'elle le haïsse, qu'elle le voue aux gémonies, qu'elle le gifle, qu'elle le frappe, qu'elle le torture. Au lieu de ça, des yeux de merlan frit, une insondable tolérance, une magnanime compréhension. Dès cet instant, Émilie cesse d'être une femme pour lui, elle devient une sainte, une intouchable, une créature pour Dieu et non plus pour les hommes.

Elle continue de manger comme si la soirée était ordinaire. Comme si rien n'avait été dit. Il trouve cela insupportable. Il regarde sa bouche mastiquer les aliments et ne voit bientôt plus, à force d'insistance, qu'un antre d'ogresse, que les traits d'un vampire. Elle va finir par l'avaler tout entier, lui et ses cartilages, ses os, ses organes. Il imagine les titres des journaux ; Mouna Hézel va pondre un article sensationnel : « Elle dévore son amant avec tout ce qu'il y a dedans ! »Celle à qui on donnerait le Bon Dieu sans confession a commis un acte d'extrême cruauté en déchiquetant lambeau après lambeau, en déchirant organe après organe cet homme qui ne demandait qu'à vivre et qu'elle a fini par vider de son sang et de ses viscères. Il s'épouvante à l'idée qu'on ne pourra même pas enterrer ses restes : il n'y en aura pas !

Au cours de ce repas, Émilie Bardet ne se doute pas du cinéma que se projette Eugène et dont elle devient, malgré elle, une actrice incontournable. Elle ne se doute pas qu'elle vient de signer une sorte d'arrêt de mort.

Troisième partie

L'après

Plus tard

Ses collègues de l'ANPE ont noté un nouveau changement dans le comportement d'Eugène Pinson, lors des mois qui ont suivi le procès. Il a même demandé sa mutation pour la Mission locale (sorte d'agence pour les moins de 26 ans). D'effacé il est devenu irascible. D'empathique il est devenu impatient. De plutôt conciliant il est devenu catégorique. On le surprend constamment sur le qui-vive, en butte à un danger pressant qui le menace. Auparavant de commerce relativement agréable, il refuse désormais toute conversation, retombant dans la léthargie qui le caractérisait avant les événements de Quiberon. Communiquer avec lui relève désormais de la haute voltige. Comme si la scène dont il a été le témoin n'avait constitué qu'une parenthèse dans sa vie. On a su par les médias nationaux le rôle qu'il a joué dans

« l'affaire de la Côte Sauvage », et l'on croit que cela a à voir avec son nouveau tempérament aigri.

On avait pensé un moment qu'il avait trouvé auprès d'Émilie un élément d'équilibre et de structuration. Celle-ci cependant restait muette sur ses rapports avec Eugène et ses états d'âme, même avec ses relations les plus proches. Certaines, bien intentionnées, la questionnèrent à ce sujet, mais elle resta alors de marbre et éluda les questions.

Ils s'étaient installés ensemble dans l'appartement d'Eugène qu'elle avait complètement bouleversé. N'était-ce pas ce qu'il désirait secrètement ? Une touche nouvelle – des arrangements différents, d'autres meubles ou les anciens redistribués –, aurait pu offrir un cadre inhabituel à ses pensées qui, au fil du temps, devenaient de plus en plus noires. Tel le *Rhinocéros* de Ionesco, son faux témoignage grossissait pour lui à vue d'œil, jusqu'à tenir une place omniprésente dans ses pensées.

Et Émilie, dont la présence aurait dû lui être bénéfique et lénifiante, devenait de plus en plus gênante. Ne pas être jugé peut se révéler pire que l'être. Elle représentait une épée de Damoclès constamment placée au-dessus de sa tête. Son péché s'étalait invariablement sous ses yeux, qui lui ruinait l'âme et le corps. Ses intestins lui faisaient mal à crier, il alternait de nouveau des phases de diarrhée et de constipation.

Une lourdeur au bas du ventre ajoutée à sa boule stomacale : son corps le trahissait de tout côté. « C'est psychosomatique », lui assurait le docteur Lorant qui accompagnait cette réponse sibylline de divers médicaments non génériques qui dispensaient ainsi le praticien de trouver les causes réelles de ses douleurs. Il le consultait de plus en plus souvent. Eugène devenait hypocondriaque.

Il continuait de consacrer un dimanche par mois à sa mère et commença à l'accompagner à l'église pour essayer de trouver Dieu – J'ai fait le *Tro Breizh* tout de même ! Bien sûr c'était d'abord pour ma mère... Il le rencontra enfin un jour. Mais ce fut encore pire : deux juges se partageaient désormais sa petite personne. Il lui fallait rendre des comptes, s'excuser du mal qu'il avait fait, se repentir, demander le pardon à son Dieu exigeant. Celui-ci lui devint très vite encombrant. Mais s'en séparer relevait du miracle. Il transigea sur un *modus vivendi* : le mettre en veilleuse et en sourdine. Ne garder qu'une toute petite voix, à peine audible ; qu'une toute petite lumière rouge à droite de l'autel. Il réussit ainsi à s'arranger du chaperon divin. Mais il restait la dimension humaine : Émilie.

Les Émilie paraissent moins coriaces que les dieux, mais il n'en est rien. Eugène Pinson décida donc de tuer sa compagne. C'était donnant-donnant : sa disparition contre une part de sa tranquillité. Et cette pensée naissante vint télescoper toutes les autres. Comme si un nouveau mal extirpait l'ancien. Élaborer la mort d'Émilie Bardet finit par occuper ses jours et une partie de ses nuits. Au milieu de son sommeil, il se réveillait parfois en sueur, taquiné par d'affreux cauchemars. Il mouillait les draps pis qu'un énurétique. Et Émilie prévenante :

— Eugène chéri, tu devrais en parler au docteur Lorant, ce n'est pas normal, toute cette eau !

Il plaisantait alors pour ne pas se trahir :

— C'est la vieillerie qui me tombe dessus ! Je me transforme en flaque.

Cette intention de crime le rendait d'une distraction insensée. Il ne reconnaissait plus les autres, ses « clients » à l'ANPE en restaient tout mortifiés. Il oubliait également leurs rendez-vous. Cet employé modèle reçut d'ailleurs un blâme de son directeur d'agence. Il ne retrouvait plus l'endroit où il avait garé sa voiture et faisait le plein d'essence au lieu de gas-oil. Il se trompait de magasin. Il confondait le jour et la nuit. Il avait des TOC : il devait vérifier vingt fois la fermeture des portes ou la programmation de son réveil.

La préparation de l'assassinat l'accaparait...

Il n'avait plus désormais qu'un seul but : faire disparaître de la circulation cette amie qui lui voulait du bien.

Le crime parfait

Ce dimanche, Eugène se montre enthousiaste, il propose :

— Émilie, aujourd'hui sera ton jour. On va faire ce que tu veux. Tu peux faire ce que tu veux de moi. Je me rends aux moindres désirs de la reine de la fête.

Et il accompagne ces paroles d'un sourire qui en dit long. Cela fait des lustres qu'Émilie ne l'a pas vu sourire. Il lui semble tenir une forme olympique propice à tous les débordements.

— Alors nous irons visiter des châteaux !

Elle adore fréquenter les vieilles pierres. Elle trouve dans cette atmosphère riche de passé de quoi nourrir son imagination.

Ils se « font » une ruine. Non loin de Valence, le manoir du Poëtval est un lieu abandonné, envahi par le lierre et les ronces. Elle imagine des personnes attablées dans la grande salle, des troubadours jouant du luth, des lévriers jappants qui vont et viennent, quémandant de la pitance auprès des convives. Il règne dans sa tête une atmosphère de fête qui la rend heureuse. Cela bourdonne de chants et de rires qui la ravissent. Eugène la laisse faire ses volontés et se plie à la curiosité de cette femme qui a besoin de peu pour être bien. Ils gravissent un escalier délabré qui s'arrête en cours de route. Émilie l'imagine montant aux chambres. Il y a des princes et des princesses, hobereaux et gentes dames qui s'ébattent là-haut dans une luxure insouciante. Ébrouements universels. Elle prend Eugène par la main et l'embrasse à pleine bouche.

Celui-ci voit de nouveau Laure Weibmaster et le précipice, se trouvant décidément prisonnier de cette histoire où il n'aurait jamais dû entrer. Si la position était suffisamment élevée, il précipiterait Émilie dans le gouffre et la regarderait s'écraser au sol.

Ils passent un après-midi que la veuve qualifie de merveilleux. Eugène se montre aux petits soins avec elle. Il a failli aussi la jeter du haut d'un créneau de château fort, mais Mirandon est trop visité pour que la chose soit possible. Les occasions se multiplient dans sa tête, comme une hydre l'emplissant de ses nombreux tentacules. Mais il se trouve toujours un empêchement.

Le soir arrive et il rencontre enfin la

bonne idée. Le docteur Lorant lui a prescrit des somnifères. Il réussit à en mettre plusieurs comprimés dissous dans la coupe de champagne qu'il offre à sa compagne pour clore triomphalement cette journée d'exception.

Ils font l'amour. Mais sa tête est ailleurs. Il ne réussit pas à jouir. Émilie met cette impuissance sur le compte de la fatigue des visites. Lui suffisent amplement les plaisirs de ce qui a précédé. Elle s'endort avec des bouffées de fête en tête.

Eugène la découvre. Il la dénude. Il la regarde. Elle dort profondément, détendue. Son souffle à lui est court. Il halète. Il prend un des deux oreillers et le lui plaque sur le visage. Elle ne se débat que quelques instants. Il ne veut pas la faire souffrir. Il se débarrasse seulement de son péché. Bientôt elle ne bouge plus.

Alors ce corps offert qui ne lui est plus d'aucun obstacle, il le chevauche de tout son long. Puis posément, avec application, il lui fait l'amour. Il fait l'amour à Émilie comme jamais. Il faut qu'elle ramène là-haut à Dieu, quelque part, cette jouissance. Pour rester sur une bonne impression de la terre. Il l'embrasse en toute tendresse, il la comble, l'emplit de délicatesse. Et il jouit... il jouit... il jouit... interminablement.

Puis il se relève et la dépression le reprend. Il pensait qu'en ôtant la vie à Émilie il s'affranchirait, il changerait d'histoire. Qu'il deviendrait libre du poids de l'antérieur. Qu'il raserait le passé. Il pensait qu'en commettant le crime que Michel Constant n'a pas commis il gommerait une partie de ses remords. Eh bien non, cette histoire le ronge encore, pire, le persécute. Sa nouvelle solitude a des airs définitifs.

Eugène Pinson n'ira pas travailler demain. Il ira là-bas, dans le Morbihan... où tout a commencé.

Nouvelle rencontre avec Mouna Hézel

— Tiens ! Vous êtes revenu ! clame la journaliste qui n'a rien perdu de son charme.

Sitôt de retour en Morbihan, Eugène Pinson avait téléphoné à Mouna Hézel et lui avait fixé rendez-vous. Dans une église.

— Vous paraissez sensible à notre climat, pourtant je me suis laissé dire que celui de la Drôme avait également des atouts à faire valoir.

Elle est consciente de la banalité de sa phrase d'introduction, mais avec un tel homme on ne sait pas vraiment sur quel pied danser. Le contraste est grand entre l'humeur joviale de la journaliste et l'air maussade et renfrogné d'Eugène. *Il nous couve quelque chose*, se dit-elle, *ou alors il revient en pèlerinage et des mauvais souvenirs l'assaillent.*

— Quelque chose ne va pas ? s'enquiert-elle poliment.

Eugène regarde droit devant lui. On a l'impression qu'il est fasciné par la petite lumière rouge allumée à droite de l'autel. Mais en fait il regarde plus loin, au-delà de la sacristie. La femme qui est assise là, près de lui, lui rappelle Émilie. Il l'a tuée trop vite, ne mesurant pas toutes les implications. L'épée de Damoclès lui manque. Viscéralement. Il croyait supprimer le danger qu'elle représentait, il en a créé un nouveau : l'absence. Elle lui est pire que tout. Déjà deux jours qu'Émilie est absente et il voudrait la tirer du néant, la rappeler à sa vie. Michel Constant tient là sa vengeance.

Mouna laisse s'installer le silence, mais elle ne le supporte pas longtemps. Que lui veut donc ce bonhomme pitoyable naufragé dans un océan de pensées moroses ?

— Vous vouliez me dire quelque chose ?

Il émerge, ruisselant d'écume :

— Je voulais vous demander des nouvelles de Michel Constant…

— Effectivement, j'en ai. Je l'ai rencontré cinq ou six fois dans sa prison. J'ai même écrit plusieurs articles le concernant. Rassurez-vous, il va bien. Il va même très bien. Il a profité de son incarcération pour se mettre aux études : il a passé son bac littéraire. Il compte poursuivre par une licence d'arts par le télé-enseignement. C'est un prisonnier modèle qui donne des cours à ses codétenus. À mon avis, dans quelques années, il bénéficiera d'une remise de peine. C'est ce à quoi s'emploie son avocat Karl Alden. Il a également progressé en peinture : il a eu plusieurs fois l'autorisation d'exposer. Sylvie Arnaise a usé de diplomatie. Le directeur de la prison est fier de l'avoir entre ses murs. Il s'est construit une certaine renommée dans le milieu artistique.

Eugène entrevoit la deuxième vengeance de Michel Constant. Sa victime devient son bourreau. Il s'attarde machinalement sur quelques personnes en train de prier.

Mouna en rajoute :

— On va finir par se demander si vous ne lui avez pas rendu service. Par votre témoignage, ne trouve-t-il pas une sorte d'épanouissement ? S'il n'avait pas expié sa présumée faute derrière les barreaux, peut-être n'aurait-il pas eu la force de supporter la liberté. Il a trouvé un univers clos, propice au retour sur soi-même.

Eugène n'a pas le courage de lui avouer que Michel Constant est innocent. Qu'il a certainement trouvé dans cette injustice les forces pour se transcender. Qu'il s'est appuyé sur celle-ci pour se hisser hors du trou. Hors du précipice.

En route

Eugène Pinson passe une bonne partie de la nuit à écrire sa confession et ses états d'âme depuis le premier jour qui a bouleversé sa vie. Il commence par la relation de son faux témoignage. Il en explique les raisons possibles et les arcanes. Il déroule notamment du plus méticuleusement qu'il peut la scène dont il a été le témoin. Il veut disculper Michel Constant. Il repense en souriant au père de Laure Weibmaster et au pont d'or qu'il lui offrait. Il se demande s'il a pris plus de plaisir à débouter le père ou à enfoncer le gendre.

Il termine en quelques lignes par l'assassinat d'Émilie Bardet. La longue narration s'adresse au commissaire Dalban. Il lui doit bien ça ! Il imagine la tête du flic quand il la lira. Béru en tirera sans doute une gloire spectaculaire. Même si on lui reproche de s'être laissé abuser par le témoin lors de l'enquête.

Puis il essaie de s'endormir, taraudé par son côlon et l'image d'Émilie. Les deux le font souffrir mille affres. Il ne trouvera le sommeil qu'après minuit, sans l'aide des somnifères qu'il a donnés au seul amour de sa vie.

Il s'éveille au matin, le nez dans les chaussettes. Le ciel à travers la fenêtre lui apparaît si blême et bas qu'il pourrait s'y cogner la tête. Il va jusqu'à la poste et veut jeter sa confession nocturne dans la boîte aux lettres. Mais il lui reste à écrire…

Il prend la direction de la Côte Sauvage une dernière fois. Il a trouvé à l'hôtel un « plan des routes » avec une pub pour l'espace loisirs d'*Aqualand* de Quiberon : « unique en Morbihan : piscine à vagues, mur d'escalade, sauna, hammam, jacuzzi, musée des chouans… ». Il se fera ça plus tard, l'heure n'est pas au tourisme. Il sourit.

Il passe par Auray, Plouharnel, Penthièvre, Kerhostin, Portivy, il voudrait que ça dure mille ans, mais ça ne dure qu'un instant… et s'arrête sur la Côte Sauvage. Cela provoque des frissons partout, ça tambourine dans son cœur dont il n'arrive plus à maîtriser les battements. Comme si l'assassin revenait sur les lieux du crime. Il stoppe la voiture. S'approche du parapet.

Elle est là, Laure. Ou son fantôme. Il s'assoit au même endroit que la jeune femme. Il sent sa chaleur et le précipice derrière. Il entend le bruit de l'Océan au fond, répercuté par l'écho. Il y a peut-être un oiseau dans le ciel. Il n'y aura que sa mère pour le pleurer. Mais il s'en fout. Pas de sa mère. Il l'aime bien, sa mère, au fond... Au fond... il y a sans doute des tentacules, quelque chose qui te happe et dont tu ne peux réchapper. Il y a des torrents d'eau. Sa mère... l'eau... ventre... fœtus... fétu... heureux moi dans milieu liquide... moi pas vouloir sortir si moi avoir le choix... moi sentir que vie à moi ne sera pas fantastique...

« Ta gueule ! »

Il a crié pour avoir moins peur et se mélanger aux bruits de l'eau. Il met sa confession dans la poche de son pantalon. Tais-toi et agis ! Fais le grand saut au moins une fois dans ta misérable vie !...

Il tombe à la renverse dans le vide.

Demande de libération de Michel Constant

Henri Dalban rend visite à Michel Constant, dans sa prison. Le parloir est une pièce austère aux murs blancs. Placées au centre : une table et deux chaises.

Le commissaire s'est vêtu pour la circonstance d'un costume bleu nuit. Il propose un cigare au jeune homme qui décline l'offre. Celui-ci paraît au mieux de sa forme. Il arbore un sourire que le commissaire n'avait encore jamais vu sur ses lèvres.

— Je vois que votre avocat vous a prévenu.

— En effet, il est venu me voir.

— Il vous a parlé de la confession d'Eugène Pinson, mais ne vous a pas dit qu'il était mort. J'ai passé cela sous silence.

Michel Constant accuse le coup un instant, puis dit :

— Je ne lui en veux pas, même si je lui dois les années les plus sombres de ma vie. Tout le monde peut se tromper.

— Karl Alden va faire une demande auprès du juge Mary. Vous serez sans doute libéré sous condition avant le procès en révision.

— Vous semblez abattu. Je ne suis pas la première victime d'une erreur judiciaire. Je ne serai pas la dernière non plus !

Le commissaire semble en effet à côté de ses pompes. Il y a quelque chose, confusément, qui le chagrine. Serait-ce l'attitude de Michel Constant ? Un je-ne-sais-quoi d'arrogance...

Il n'y a pourtant plus de doute possible. Le témoin oculaire s'est rétracté. Il n'y a plus de preuves tangibles en faveur de l'accusation. L'accusé est lavé de tout soupçon. Ce qui le taraude quelque peu, c'est la présence de Prune de La Mirandais non loin des lieux de l'accident. Les deux amants ne pouvaient-ils se passer l'un de l'autre à ce point ? Manigançaient-ils quelque chose? Il s'en ouvre à l'ancien coupable :

— Je m'explique mal la présence de votre maîtresse dans le Morbihan...

— On vous l'a précisé, monsieur le commissaire. Elle est venue me dire un petit bonjour. Et j'en ai profité pour la taper. Vous me connaissez bien, maintenant : je ne peux me passer d'argent.

Henri Dalban n'est pas satisfait de la réponse...

Le retraité

Le commissaire se retrouve devant un pavillon, en région parisienne. La cité est coquette, les jardins de quelques ares bien entretenus. Si les maisons n'étaient pas construites à l'identique, le Vannetais trouverait ça presque beau. Un corbeau torture le ciel de son cri strident.

Joseph Aimar s'est montré peu loquace au téléphone : « Je voudrais vous voir... C'est très important... Cela a un rapport avec l'enquête que vous avez menée... Je préfère vous parler face à face, j'ai du mal quand je ne vois pas à qui je m'adresse... »

L'intérieur est relativement sobre. Les meubles bas de gamme semblent avoir été patiemment amassés au cours d'une vie bien remplie, mais ils sont sans originalité et disposés n'importe comment : manque de femme. Cependant le retraité semble s'en satisfaire.

— Cela fait maintenant deux mois que je suis à la retraite et, croyez-moi, je vais en profiter. Ma femme a fait une hémiplégie il y a deux ans et j'ai désormais une autre vision de la vie. Mais vous avez fait un long voyage, vous devez être fatigué et je ne vous propose rien à boire.

Henri Dalban se jette d'une façon presque impolie sur la bière que lui tend Joseph Aimar. Il regarde les nombreux cadres accrochés aux murs, qui représentent des coureurs cyclistes.

— Eh oui, l'homonymie ! Cela a peut-être déclenché ma passion. Je n'ai hélas aucun rapport avec le célèbre Lucien Aimar. Mais je l'admire énormément. Là… c'est quand il a endossé le maillot vert. Là… c'est pendant une grande étape de montagne sur le tour de France. Là, c'est quand il a gagné un sprint à Plumelec.

— Justement, comme vous parlez de Bretagne, cela nous ramène à notre affaire.

— Je ne sais pas bien parler dans le téléphone. Merci de vous être déplacé.

— J'ai lu l'interrogatoire effectué par mes collègues. Vous étiez le concierge de l'institut privé qui appartient aux parents de Prune de La Mirandais. Vous n'aviez alors rien signalé de particulier.

— J'étais encore en activité et je ne voulais nuire ni à Prune ni à ses parents. Je tenais à ma place. Pensez… il ne me restait plus longtemps avant la retraite.

— Auriez-vous omis de préciser quelque chose ?

— Eh ben, je ne sais pas, ça me turlupine depuis des mois. Il fallait que j'en parle à quelqu'un et ce n'est pas avec ma femme que...

— Je vous en prie.

— J'ai suivi le procès dans les journaux, comme beaucoup de monde et il a été souvent question de serpent.

Dalban se dit que décidément ces bestioles reviennent fréquemment sur le tapis.

— Il n'a pas été prouvé qu'il y en ait eu un. C'est ce qu'affirment Michel Constant et son avocat. Cela aurait déclenché la chute de sa femme.

— À « Bonvallon », nous possédons un vivarium avec toutes sortes de reptiles. Ceux qui préparent l'école de véto étudient leur comportement.

— C'est naturel.

— Vers mi-mai... Je m'en souviens bien, car il n'y avait jamais eu d'incident auparavant... Une nuit, en faisant ma ronde, j'ai retrouvé l'aquarium des couleuvres ouvert. Tous les reptiles s'étaient échappés. J'ai eu un mal fou à les récupérer.

— Comme vous avez une grande conscience professionnelle, vous avez dû mettre un point d'honneur à faire rentrer au bercail toutes ces bébêtes, lance Dalban qui commence à montrer des signes d'impatience.

Venir de si loin pour entendre si peu

de chose ne lui procure pas une franche excitation.

L'autre, éloigné de ce genre de considération, continue sur sa lancée :

— Après de multiples efforts j'ai réussi à toutes les retrouver. Toutes sauf UNE ! Et non des moindres, puisque c'était notre mascotte : « LOVA MOUR », une superbe couleuvre vipérine, *natrix viperinus* (il bombe le torse) de la famille des colubridés.

Cette fois Henri Dalban ne va pas supporter. Des rougeurs lui viennent de nouveau sur le visage, mais il ne peut interrompre le flot de paroles.

— Je n'ai plus jamais mis la main dessus. Une perte sentimentale considérable ! Mademoiselle Prune passait beaucoup de temps avec elle. D'après une de ses confidences, elle aimerait se spécialiser en erpétologie.

— C'est logique, étant donné la nature de ses études, réussit à glisser le commissaire qui a de plus en plus l'impression de se perdre en conjectures.

En revanche, le laïus du bonhomme commence à l'intéresser.

— Vous pensez que cette... couleuvre vipérine a pu par un extrême hasard se retrouver aux pieds de Laure Weibmaster, rendant du coup crédibles les affirmations de son mari ?

— Je ne sais pas, moi, si ce détail a de l'importance, mais je préfère soulager ma conscience.

— Vous dites que Prune de La Mirandais s'occupait de ces charmants pensionnaires...

— Elle les nourrissait, passait des heures à les observer et tentait des expériences. Elle notait par exemple leurs réactions face à l'eau, aux objets, aux couleurs. Tiens ! Peu avant l'ouverture accidentelle du vivarium, elle avait introduit dans l'aquarium des couleuvres un objet particulier.

Dalban a une moue d'étonnement.

— Une chaussure rouge...

Cette fois le commissaire bondit de sa chaise en manquant de la faire tomber.

— Vous avez bien dit une chaussure rouge ?

L'autre doit se dire qu'il a commis quelque gaffe irréparable.

— Ben oui, une godasse rouge, mais avant c'était un tournesol jaune, une boîte de Coca-Cola, un porte-clefs, une cafetière bleue.

Dalban se remémore tout de suite ce qu'avait Laure Weibmaster aux pieds le jour du drame : une paire de CHAUSSURES ROUGES !

La théorie du commissaire Dalban

Du fait de l'élément nouveau – la confession d'Eugène Pinson – Dalban obtient du parquet l'autorisation de rouvrir l'enquête. Il convoque ensemble Prune de La Mirandais et Michel Constant qu'assiste Karl Alden.

Le commissaire passe sur les formules d'usage et indique qu'il va exposer sa théorie. Il aimerait que, pendant qu'il le fait, personne ne l'interrompe. Il l'a échafaudée à partir des derniers faits portés à sa connaissance et semble monté sur des ressorts. Les trois personnes qui lui font face s'étonnent de tant d'excitation. Il leur explique :

— C'est l'histoire de deux amants diaboliques qui conçoivent un plan digne de Machiavel pour éliminer froidement un obstacle à leur amour et/ou à leur envie d'argent. Prune de La Mirandais ! Je vous soupçonne, sous vos airs faussement candides, d'avoir une influence considérable sur le séduisant Michel. Si Laure Weibmaster disparaissait de la circulation, à vous les beaux jours !

« Michel Constant passe en revue, avec sa jeune maîtresse aux aguets, les possibilités d'élimination de l'épouse. Celle-ci n'est pas une femme d'intérieur, on évitera donc les accidents ménagers. Elle est en bonne santé, l'empoisonner apparaît périlleux. C'est une femme publique, payer un tueur serait trop risqué. Il lui révèle qu'outre sa peur du noir elle a la phobie des souris et des animaux rampants. Prune tient là une possibilité intéressante. Elle, la spécialiste des reptiles, va lui concocter une mort par animal interposé. On peut d'ailleurs y trouver un symbole : comme Ève, Laure périra par le serpent.

« Il faut trouver un lieu à hauts risques : une falaise au bord de la mer, un immeuble en construction, un gouffre, un torrent, une tour de château, un précipice. Un endroit d'où la victime pourra tomber accidentellement. L'animal fera le reste. Michel se souvient alors qu'il a par le passé découvert les falaises de la Côte Sauvage dans le Morbihan et que les vertigineux abîmes l'ont impressionné. Il n'aura aucun mal à convaincre Laure de visiter un des plus beaux coins de France ; d'autant qu'elle adore la thalassothérapie. Cela se fera avant la saison, avant la ruée, dans un endroit encore peu fréquenté.

« Prune s'occupe de l'arme redoutable et imparable. Elle va peu à peu habituer la bête à la couleur et à l'odeur des chaussures de Laure, que Michel lui aura fournies. Ces mêmes chaussures qu'elle portera le jour du drame, habilement incitée par son mari. Notre étudiante escamote donc une couleuvre vipérine et laisse le vivarium ouvert afin que les autres animaux s'échappent et qu'on ne remarque pas la disparition. C'était compter sans M. Aimar qui veille sur ses animaux comme sur la prunelle de ses yeux. « Lova Mour » est dans la nature.

Karl Alden voudrait bien intervenir, mais le ton péremptoire qu'utilise le commissaire l'oblige à se taire.

— Le piège se précise : on dispose du lieu, de l'arme, du mobile, de la victime. Reste à faire fonctionner l'ensemble. Laure Weibmaster et Michel Constant se trouvent dans le Morbihan fin mai. Prune appelle son amant sur son portable. « Tu t'arranges pour partir en balade demain, le 1er juin. Je te rejoins et je t'amène la couleuvre. » Ils se retrouvent dans un endroit isolé. Un témoin les verra se transmettre l'animal et non de l'argent, comme ils le prétendent. Michel a prévu de porter une veste de lin à larges poches pour y ranger la bête. Il invite Laure à s'asseoir sur le parapet sous le prétexte fallacieux de la prendre en photo. Il sort l'animal de sa poche et le lance aux pieds de sa future victime. La couleuvre est attirée par les chaussures rouges. On peut imaginer ce qu'il dit alors à sa femme : « Surtout ne te retourne pas vers le vide (il faut qu'elle voie la bête), regarde à tes pieds, le bout de tes chaussures. » Elle aperçoit l'animal rampant. Sa phobie se manifeste. L'effroi la gagne. Elle est comme hypnotisée. Elle appelle son mari. Il s'approche. On ne sait jamais : si le piège ne fonctionne pas, il n'hésitera pas à la pousser. Mais il ne sera pas obligé de le faire.

« Eugène Pinson intervient alors. Il voit la scène dans les jumelles. Il doit percevoir que Michel Constant est un assassin potentiel : dans les gestes, les attitudes, la position. Il va faire un faux témoignage : l'un a poussé l'autre dans le vide. Cela devait se passer ainsi. Il veut se rendre intéressant ; il a la possibilité de devenir une vedette, quelqu'un avec qui l'on comptera désormais. Et puis, de toute façon, Constant avait l'intention de tuer. Il en est persuadé.

Dalban marque un arrêt dans son récit. Les autres attendent maintenant la suite avec inquiétude. Il poursuit sur un ton solennel :

— Michel Constant, je vous pose une question officielle : qu'est devenue « Lova Mour » ?

En même temps qu'il la pose, il se rend compte de son incongruité. Ça passe ou ça casse.

Karl Alden intervient alors :

— Prune et Michel, confirmez-vous les

allégations de M. Dalban ? Vous n'êtes pas obligés de répondre.

Les deux jeunes gens se regardent, à la dérobée. Puis Prune de La Mirandais s'adresse à l'avocat :

— Le commissaire vient de nous exposer l'intrigue d'un super roman policier, il devrait d'ailleurs se lancer dans le genre, il a un talent certain et une imagination fertile. Tout ceci est de la pure élucubration. N'est-ce pas, Michel ?

Michel Constant confirme que l'hypothèse est des plus fantaisistes.

L'avocat reprend la main :

— Monsieur Dalban, je suis en train de me démener afin que mon client soit libéré, même sous condition, en attente du nouveau procès qui le lavera de tout soupçon. Votre histoire est certes intéressante, mais elle est à dormir debout. Abracadabrante ! Excusez-moi de vous le dire, vous n'avez aucune preuve !

Dalban en convient facilement. Il voulait les mettre à l'épreuve, voir si l'un des deux aurait craqué. Il lui faut maintenant retravailler le dossier, essayer de trouver quelque chose qui prouve la culpabilité des amants diaboliques, comme il les a qualifiés en préambule. Car désormais il en est sûr, ils ont bien assassiné Laure Weibmaster.

Lorsque l'enfant paraît

Henri Dalban passe par toutes les étapes et les états de la contrariété. Il croit maintenant dur comme fer à son hypothèse. Il trouve une raison impérieuse d'en prouver la véracité : la mémoire d'Eugène Pinson. Il doit démontrer que celui-ci avait raison et qu'en fait son témoignage n'était pas un faux.

En pensant à l'absence de preuve, il éprouve de nouveaux signes de découragement. Michel Constant va récupérer le capital de l'assurance-vie et tout le reste. Il va couler, avec la garce de Prune, des jours heureux sur le dos de Laure Weibmaster.

Les quelques journées qui suivent le laissent irritable, voire irascible envers ses subordonnés. Il entre à nouveau dans des colères noires, comme aux pires moments de l'enquête, et il ne fait pas bon à ces moments-là se trouver dans ses griffes. Jusqu'au moment où Matthieu vient le voir, accompagné de son père.

C'est un enfant de douze ans à l'esprit vif et aux yeux perçants, qui n'a pas la langue dans sa poche. On le dit en avance pour son âge. Le père, un quadragénaire pas peu fier de son rejeton, explique :

— C'est au hasard d'une conversation que j'ai eu la puce à l'oreille. Matthieu ne pensait pas à mal. Quand il a trouvé la couleuvre, il s'est dit aussitôt : On va me la reprendre. Elle devait appartenir à quelqu'un, puisqu'elle était tatouée. Il s'est donc tu.

Matthieu ne s'en laisse pas conter :

— Je me promenais au bord de la côte ce jour-là, de l'autre côté de la route.

Le père complète :

— C'est un habitué, il est prévenu des dangers ; il fouine souvent dans le coin.

— Je cherchais des bestioles. Après, il y a eu plein de monde, la police et tout et tout. Je ne savais pas s'ils venaient pour ma couleuvre. En tout cas, ils l'ont fait fuir. Je l'ai trouvée dans les broussailles, pas loin d'où la dame est tombée.

Dalban trépigne d'impatience.

— Tu veux dire que tu as trouvé ce... cette... couleuvre à proximité du parapet où l'accident a eu lieu ?

— Comme je vous le dis ! C'était ma première couleuvre vipérine, vraiment un coup de bol ! Avant je ne possédais que des crapauds, des grenouilles, des salamandres et des orvets.

Il sort alors d'un sac de toile enfoui dans sa poche l'animal en question.

Dalban a un geste de recul. Il comprend la phobie de Laure, lui-même n'est pas très à l'aise. Il conçoit facilement pourquoi ces bêtes insaisissables provoquent de la répulsion dans l'inconscient collectif.

Malgré son aversion, il demande à Matthieu de la lui confier. En même temps qu'il la lui tend, le gamin donne un cours au commissaire :

— Elle se distingue de la vipère (ophidien vipéridé) par la forme de sa tête, de sa queue et surtout de son habitat... Elle adore vivre près de l'eau. J'ai été étonné de la trouver là. Quand je l'ai récupérée, elle allait sans doute rejoindre un petit marais. C'est donc un reptile de la famille des colubridés et contrairement aux autres couleuvres, la vipérine a une tête ovale peu aplatie avec un étranglement. Voyez !

Dalban en a froid dans le dos. Il ne sait si c'est à cause de l'exposé du jeune amateur ou des contorsions du serpent qui cherche à fuir.

— Je te promets que je te la rendrai. Tu l'as bien mérité !

Épilogue

Dalban, muni de son précieux trophée – l'arme du crime –, fait appel à des spécialistes qui n'assurent qu'une chose : rien ne ressemble plus à une couleuvre qu'une autre couleuvre. D'autant que le tatouage a disparu.

Il appelle Joseph Aimar :

— Je crois avoir retrouvé Lova Mour.

— Vous ne pouvez pas vous tromper, elle a un tatouage entre la tête et le corps.

Mais Dalban ne voit rien. Matthieu, appelé à la rescousse lui précise :

— Ben oui, c'est normal, elle a mué. Un serpent change de peau presque tous les ans.

— Et tu l'as gardée, cette vieille peau ?

D'une toute petite voix, Matthieu répond au commissaire qu'il l'a jetée. C'est comme si une douche froide s'abattait sur les frêles épaules de Dalban. Il maugrée intérieurement en pensant que les salauds vont s'en sortir. Il ne pourra prouver que les deux complices ont utilisé cet animal pour commettre leur forfait qui devient *in fine* le crime parfait.

Il se retourne une nouvelle fois vers le spécialiste avec lequel il travaille en plus étroite collaboration. Celui-ci va lui fournir des raisons d'espérer encore.

— Saint-John ! La couleuvre nous a niqués, en muant elle perd tout signe distinctif. Me voilà Gros-Jean comme devant !

— Dalban, ce n'est pas à un flic que je vais apprendre ça, il y a des preuves qui se fabriquent !

Il prend un air sibyllin, totalement hermétique pour le commissaire qui va de surprise en surprise, quand l'autre poursuit :

— Il y aurait bien une possibilité, mais c'est à vos risques et périls. Je dégage par avance toute responsabilité.

Et de lui expliquer le stratagème. Dalban, emballé, l'embrasserait si ce n'était les convenances.

Il convoque rapidement les protagonistes et s'assure en plus la présence de Saint-John. Assiste également à l'entrevue Lova Mour, roulée en boule dans un aquarium. On lui a installé toute une série d'accessoires afin qu'elle soit le plus à l'aise possible.

Dalban lance au couple :

— Voilà l'arme que vous avez utilisée !

Karl Alden ironise sur la santé mentale du commissaire. Comment peut-on prouver que cette couleuvre a été manipulée par Prune et Michel ?

— Vous allez avoir peu à attendre, le professeur Saint-John va tout vous expliquer.

Ce dernier s'exécute en prenant précautionneusement la couleuvre dans le bocal. Ce faisant, il entame un discours scientifique :

— Les techniques évoluent : voilà le dernier joyau. Il montre un attirail dans un coin du bureau. Chaque animal peut disposer désormais de sa carte d'identité. Celui-ci, quand il a été livré à l'institut, avait la sienne. Je m'explique : on injecte dans le corps de la bête une gélule microscopique qui renferme tous les éléments de son passeport, à l'aide de cet engin – qu'on appelle transpondeur. Puis on lit au scanner les informations contenues. On aura ainsi la traçabilité exacte, le mot est à la mode, de tout animal dont on pourra suivre les allées et venues.

Il passe alors la couleuvre dans le lecteur et les éléments suivants apparaissent à l'écran :

Nom : LOVA MOUR

Genre : Colubridé

Espèce : Couleuvre vipérine

Âge : Cinq ans

Origine : Monsieur et madame Duspec qui l'ont donnée à l'institut Bonvallon le 3 novembre 1999.

Les spectateurs sont abasourdis par la démonstration.

Prune de La Mirandais intervient alors :

— Ce n'est pas possible. Je connais mes animaux. Il n'y a pas eu injection de gélule. Elle possède un tatouage classique.

Dalban :

— Eh si ! mademoiselle, c'est même votre père qui a insisté pour que tous les animaux soient marqués de cette façon, deux précautions valant mieux qu'une. Il n'a pas jugé important de vous le dire.

Elle pâlit, verdit, balbutie en regardant Michel Constant :

— Il ment. Ils mentent tous... Rien ne prouve que c'est cet animal que je t'ai transmis.

Elle s'aperçoit tout de suite qu'elle a commis une gaffe. Elle admet implicitement qu'elle a donné un animal à son amant. Le piège s'est refermé. Il a fonctionné. Dalban remercie Saint-John du regard. Il suffit parfois de peu de chose.

Michel Constant part alors dans des aveux irréversibles dont il attendait peut-être de se libérer depuis longtemps.

— Tout cela est exact, monsieur le commissaire ! Excusez-moi, Karl. Nous avons bien prémédité et exécuté le meurtre de Laure tous les deux. Même si le scénario est de Prune, j'en assume toute la responsabilité. Vous l'avez pratiquement expliqué dans votre intervention de l'autre jour. La chance qui nous a souri a tourné. Je me suis habitué à la prison. J'y ai commencé une nouvelle vie.

Prune s'énerve alors :

— Et moi, salaud ! que fais-tu de moi ? À moi aussi tu avais promis une nouvelle vie. Au lieu de ça, tu me balances en enfer. Tu m'as détruite ! Je n'aurais jamais dû te rencontrer !

Elle se rue sur son amant avec une rare violence qu'on ne soupçonnait pas dans un corps si frêle. Il faut l'intervention musclée de deux policiers pour la maîtriser.

Le dessous des cartes

Henri Dalban s'apprête à clore son enquête. Bien évidemment, les démarches pour libérer Michel Constant ont été arrêtées. Prune de la Mirandais a été incarcérée. Ils sont accusés de l'assassinat de Laure Weibmaster. Le procès déterminera qui y a pris la part la plus importante. Mouna Hézel a souhaité rencontrer le commissaire.

Dalban la reçoit bien volontiers. La femme qui se trouve devant lui est toujours aussi belle avec un vague à l'âme des plus charmeurs. Le commissaire l'installe chaleureusement et lui dit :

— Je crois pouvoir affirmer que l'honneur d'Eugène Pinson est lavé. En fait il avait raison sur toute la ligne. Il a bien assisté à un crime, même s'il n'en a pas discerné la nature exacte. Il n'a pas vu pousser réellement la victime, mais il a vu un homme qui l'a poussée par un autre moyen, encore plus subtil. Les deux amants avaient ourdi une machination complexe et imparable. Il n'y a pas eu crime direct.

Il lui explique comment ils s'y sont pris.

— Toute cette tragédie est celle des rendez-vous manqués. Une histoire de dupes : chacun voulant faire croire qu'il disait la vérité. Eugène Pinson est mort pour rien. Il avait raison. Michel Constant était coupable, alors qu'on aurait pu le croire innocent.

Puis il lui demande :

— Vous ne voulez pas me rendre un service ?... Appeler Émilie Bardet... Voilà son téléphone...

— Mais... elle n'est pas morte ?

— Non, Eugène l'a tellement droguée qu'elle a sombré dans un coma profond. Il a cru l'étouffer... Elle se remet lentement à l'hôpital de Valence.

Mouna Hézel déambule dans les rues de Vannes. Elle hèle un taxi :

— Conduisez-moi à Quiberon. Sur la Côte Sauvage !

Pour rendre un dernier hommage à Eugène Pinson.